天鷹與神豹的回憶

Las memorias del Águila y el Juagar

矮人森林

El Bosque de los Pigmeos

伊莎貝・阿言德（Isabel Allende） 著

陳正芳 譯

《矮人森林》國際書評

「一部促進和平的小說。」

——《地球基金會》之〈大地〉書評（Terra.org）

「阿言德描述非洲的強度是視覺性的，小說為我們展現一個神秘而恐怖的世界，其布局較前兩部作品更為幽暗，同時，作者有效率且同步解決了書中的問題。」

——《文學評論》（*Criticas Literarias*）

「書中人物教導我用新的方式看待其他地方與文化，以及領悟人生的新方法……這本奇幻之書，藉由我們的非洲——如此熟悉又陌生之地，讓三部曲的結束成為一次奇幻的旅遊。」

——書評家Alicia Acosta

「阿言德樂於將環境被蓄意破壞、飢荒、污染和生物瀕臨絕種等多樣化議題，以旁敲側擊的方式含括文中，如此並非否認這些主題的價值，而是避免它們在故事脈絡裡彆扭地存在，同時，透過眨眼閃光般的方式，傳遞作者發出的微小訊息。」

——奧克蘭作家Janet Hunt

「一則充滿活力的故事。」

——《潛鳥書海》雜誌評論（*BookLoons Review*）

「一部充滿幻想的傑作。」

——西班牙最大書店《書之屋》（Casa de Libro）讀者評鑑

本書是第一本獲選加入「森林的書友計畫」並在西班牙出版之書，該計畫強調保衛森林的作家與出版品，特別是原始森林的保存，此書由西班牙綠色和平組織總裁推薦。

世界的盡頭，地球的淨土

——文明與野蠻的碰撞與契合

張淑英
（台灣大學外文系教授）

旅美智利名作家伊莎貝·阿言德（Isabel Allende, 1942-）二〇〇二—二〇〇五年以三年的時間完成「天鷹與神豹的回憶」（Las memorias del Águila y el Juagar）三部曲，分別以《怪獸之城》（*La ciudad de las bestias*）、《金龍王國》（*El reino del dragón de oro*）和《矮人森林》（*El bosque de los pigmeos*）帶領讀者眺望地平線的另一端，探索神秘的境域、找尋世界的淨土，與小說人物一同經歷神奇的境遇。在不同國度的層層冒險中，由拉丁美洲的亞馬遜河雨林跨越到中印邊界的喜馬拉雅山的藏族，再折回到赤道非洲的肯亞森林，引領大家思索原始與進步的界線、蠻荒與文明的演變、傳統與現代的異質、動物與人類的共生、宗教信仰的奧秘，與科學實證的二元論、生死涯涘的捨與不捨，同時指涉地球的現在與未來的隱憂。阿言德將全球化浪潮下二十一世紀的人類帶回希臘羅馬文化世界裡眾神花園的國度，回到人與動物共存的寓言故事裡，輾轉提問「發現」與「存在」的定義、「知」與「未知」的智識層次、心靈和物質的念力及慾望的轉換。這三部曲因為大自然本身的魅力與奧秘增添了小說的趣味，也因為未知的疆界啓發了讀者的好奇心和作家的異國想像，塡補了知識的虛空。誠然，我們如果以二十五年前的《精靈之屋》（*La casa de los espiritus*）審視阿言德的創作，她的三部曲原應可以揮灑得更精采、更奇幻、更真實。阿言德表示這三部曲是寫給「青少年」的讀物，希望喚起他們對生態的關懷意識和世界觀，構思、鋪陳和敘事轉折都簡潔平直許多。

三部曲是一系列的異國旅行和冒險，主要人物有三位：亞歷山大・寇德，一位在美國長大的十五歲少年；娜迪雅，生長在亞馬遜河聖母瑪麗亞雨林的十二歲女孩，通曉動物語和印第安原住民語言；六十四歲的凱特・寇德，亞歷山大的祖母，為《國際地理雜誌》特約記者兼女作家，這些主要人物儼然是阿言德和其兒孫的寫照。在首部《怪獸之城》中，女作家偕同孫子亞歷山大和雜誌的工作團隊，以及人類學教授勒布朗一同造訪亞馬遜河，在那兒和嚮導塞薩・桑多斯以及他的女兒娜迪雅會合後展開探險之旅。在這座神秘浩瀚的雨林中，他們遇見神奇的巫師瓦利邁，巫師秉持的傳統信念與智慧，和他們對文明的認知產生了衝突和質疑。接著一群人發現隱形村落的原住民「霧族人」，霧族人的存在讓來自所謂全知的文明世界的人感到無比詫異與驚奇。更大的驚險是他們遇見惡臭撲鼻、幾乎讓人致命的怪獸，亞歷山大和娜迪雅與怪獸協商，歷經險阻各自取得想望之物。在這一連串的冒險中，亞歷山大和娜迪雅也因神奇因緣，分別感受自己的身體與黑豹和白鷹合而為一的神奇化身，時而可以借助動物的力量化險為夷，而且自此兩人以動物圖騰相稱。然而，同樣的探險，殊不知文明世界中處處存在著野心勃勃的劊子手，也正蠢蠢欲動想要摧殘大地最後的淨土與原始的純粹。

一年後，祖母作家凱特・寇德巧妙安排娜迪雅到紐約，和孫子亞歷山大三人，以及《國際地理雜誌》攝影師等人再度啓程，橫度千重山萬重水抵達喜馬拉雅山，造訪地球最後的淨土——「禁地之國」，也就是金龍王國。金龍王國有著神奇雕龍的傳說，人人只聞其名，未見其形，平添外界有心人士的好奇心與覬覦。金龍王國雖然是個虛構的國家，從故事脈絡和文化描述可以知道所指涉爲西藏及其鄰國與藏傳佛教的區域。《金龍王國》的鋪陳分兩個介面，一個是祖母作家一行人的報導採訪之旅，他們驚覺造訪禁地之國人人目的各不相同；另一方面，故事著墨在金龍王國未來繼承人的訓練與陶養，迪巴度接受喇嘛師父天行的教導，十餘年來的修練爲了成就一國之君而準備。在這歷程中他們與雪人的奇遇讓師父承諾另一項預言。來自西方的一行人與遠離紅塵俗世的喇嘛師徒在娜迪雅遇難後巧遇，金龍傳說再度沸揚……

經歷金龍王國驚濤駭浪的險境之後，祖母作家一行人越挫越勇，第三次再度聯手探險，冒險之旅深入人們口中「被上帝遺忘的地方」——非洲。他們騎著大象遠征，在赤道非洲肯亞的「被詛咒的森林」經歷一樁樁奇遇。他們得知遠到這兒宣教的神職人員離奇失蹤；遇見聰明機智的矮人獵人貝爺・多構烏；也發現由高頌果國王、門班貝列軍長和巫師松貝極權統治的恩高背王國，以欺壓手段統御森林其他的族群。探險隊一行人深受矮人村的風土民情吸引——彷彿《魔戒》「哈比人」的顯影——想要幫助他們自主，然而此地巫毒教徒告知他們，必須面臨與三頭怪獸纏鬥的嚴苛考驗。於是，魔法現身，隱居多年的恩高背女王（也是女巫師）娜娜—阿桑特出現了，娜迪雅和亞歷山大的隱身術和變身能力也開始發功，展開一場善與惡的爭戰，試圖讓這個矮人村成爲不同族群得以和平共存的森林。

阿言德筆下，三部曲探險隊的基本成員之外，探險的三個國度都有類似的景致與人物特色。亞馬遜河、喜馬拉雅山、非洲森林都是一個充滿色彩、樂音和感性的國度，不是刻板印象中落後蠻荒的形象。在他們的「樂園」裡，他們保有最原始的聖、美、善、真，也忠於他們的民族信仰與文化。例如《怪獸之城》裡說亞馬遜河是「地球上最後一片樂土」，《金龍王國》是「環保生態的聖地」，《矮人森林》說「非洲是人類生活的開始」，這些描述試圖追溯喚起大自然與人類的根源。文明尚未探勘與無法解釋的未知世界裡還可能住著霧族人、雪人和矮人。相對於西方一神論的宗教信仰，東方的佛教則是一個多元奧秘的禪意與心靈世界；而宗教信仰之外，民俗傳統更是一股不可侵犯的神聖力量。百年長壽的動物、巫術的世界、亞歷山大和娜迪雅人與動物（本尊與分身／精神與形骸）的融合、喇嘛天行的傾聽心靈……等等，都傳遞一種超自然的可能與神奇。《怪獸之城》裡冒險家卡里亞斯和女醫師歐麥菈、《金龍王國》的「蒐藏家」和阿馬迪歐、《矮人森林》的高頌果和門班貝列，則象徵著權力與知識的傲慢，雖然三部曲都在一個預言／寓言式的框架下交代善勝惡敗的結局，背後的意涵更是我們要深思的議題。

無可諱言，阿言德在新世紀裡，小說創作筆觸的轉變多少受到出版風潮的影響，《哈利波特》與《魔戒》書市與電影雙棲，平面與立體均告捷的佳績，造成廣大讀者觀眾披靡的現象，自然是一股引發作家迎迓類同題材書寫的吸引力。從另一個角度看，阿言德這三部曲呼應了現實社會裡人類的關切與憂慮，聯合國「政府兼氣候變遷問題小組」（ＩＰＣＣ）指出，從非洲及亞洲的飢餓、動植物絕種到海平面升高，全球暖化正以加速度摧殘人類及地球。「世界保護野生動物基金會」（ＷＷＦ）也提出警訊，全世界自然奇觀正遭受威脅，其中包括喜馬拉雅山冰川、亞馬遜森林（熱帶雨林將變成半貧瘠的熱帶大草原）、澳洲大堡礁、加勒比海的玳瑁、中國長江等奇觀將面臨摧毀。阿言德長久旅居美國，站在文明與科技國度的制高點，以第三世界之眼書寫人文關懷，三部小說的背景正是我們賴以生存的地球，那些被遺忘、神秘不可測的區域，它們的神秘平添原始的況味，亦讓文明的觸角疏遠。小說虛構趣味之外，我們或許應該思考創作的隱喻與作家自我省思的實踐。阿言德這三部曲描繪少年亞歷山大和少女娜迪雅的成長小說，映照文明與原始碰撞產生的衝突與波痕，他們嘗試撫平並學習榫接；是老作家以筆疾書希望人類自我關照／觀照的呼籲，是給那些汲汲沉浸於「進步」的迷魅而遺忘所謂「少數落後」的文化者的灌頂之聲，也是反映生態與和平的三重奏。

給親愛的中文讀者：

但願各位可以一同分享、體驗這三部曲中的主角人物——年輕的「神豹」與「天鷹」的友誼，他們將帶領大家一同冒險，前往南美、亞洲和非洲等神奇境域。

謹致上最誠摯的祝福。

伊莎貝·阿言德

獻給活泉會的費爾南多修士

——一位非洲的宣教士，

他的精神鼓舞了這個故事的誕生。

目次

世界的盡頭，地球的淨土——文明與野蠻的碰撞與契合／張淑英 i
第一章　市集上的預言 1
第二章　大象遠征隊 17
第三章　宣教士 33
第四章　隔離在叢林 45
第五章　被詛咒的森林 59
第六章　矮人 77
第七章　高頌果的囚犯 91
第八章　神聖的護符 105

第九章　狩獵者　123
第十章　祖靈之村　135
第十一章　遇見精靈　145
第十二章　恐怖王國　157
第十三章　大衛和歌利亞　173
第十四章　最後一夜　187
第十五章　三頭怪獸　203
後記——兩年之後　215

第一章　市集上的預言

領隊密契爾・穆撒哈一聲令下，大象隊伍全部停了下來。正午時分開始難耐的炎酷炙熱，廣袤的自然保育區動物都歇息了。非洲這塊土地轉化成漫流滾燙熱水的地獄，生物活動將暫停達數個小時之久，就連鬣狗和禿鷹也得尋找遮蔭處。亞歷山大・寇德和娜迪雅・桑多斯共同騎乘一頭古靈精怪的公象，牠名爲可比。幾天以來，娜迪雅費盡心力學習大象的語言和與牠溝通的基本知識，終於使可比對她產生好感。娜迪雅在這段長途旅途中，對著大象述說自己的國家——巴西，在那遙遠的國度，沒有任何生物像牠一樣龐大，除了隱藏在難以通過的美洲山脈心臟裡，古老神話中的**怪獸**。可比對娜迪雅的珍惜與對亞歷山大的厭惡一樣多，一有機會就會對他們顯露這兩種不同感情。

可比身上的五噸肌肉和脂肪迫使牠駐足在小綠洲旁，水窪內混雜茶和牛奶色澤的水餵養著風塵僕僕的樹群。亞歷山大將從三公尺高的象背跳下，他早已練就了讓自己免於受傷的絕技，因爲在狩獵遠征的五天裡，大象從不好好配合。此時，顯然他不知道可比已經擺好姿勢，讓他被迫跳落在淹及膝蓋的水窪裡，而娜迪雅的小黑猴兒波羅霸在他身上又叫又跳地。爲了擺脫猴子，一個不小心，亞歷山大失去平衡，跌坐在地上。礙於眼鏡淌著髒水，視線一片模糊，他舉止維艱地爬了起來，忍不住就從齒間迸出對波羅霸的詛咒。正當尋找襯衫未染髒的部分好清潔鏡片，背部猛然一擊，整個人又趴進了水窪。可比等待小伙子起身，先回轉半個身子，巨大的臀部擺好位置，然後朝對方的臉轟然放出了個響屁。其他遠征隊的成員齊聲狂笑，爲這椿惡作劇大聲叫好。

娜迪雅倒是不急著下來，她要等候可比的幫忙，以便可以高雅地踏上路面。娜迪雅會踩著大象彎曲的膝蓋，靠著象鼻的支撐，以舞者的輕盈翩然著陸。大象對其他人可沒有這般情感的待遇，即便是對領隊密契爾・穆撒哈，也只有尊敬，但沒有親愛的感覺。牠可是隻很有原則的動物，平時可比和其他大象做一樣的工作，背上載著觀光客散步，報酬是一頓豐盛的美食和泥巴浴；牠的另一件較爲特殊的工作，是在馬戲團裡耍把戲，報酬是一把花生米。牠喜歡吃花生米，這是不容否認的，但是牠更喜歡整人遊戲，比方說捉弄亞歷山大。若問牠爲何不喜歡亞歷山大？牠也說不上來是什麼原因，就是不對味。那男孩總是在娜迪雅的身邊，讓可比很心煩。想想有著十三隻大象的隊伍裡，亞歷山大卻偏偏要和女孩騎乘一處，用這種方式夾在他們兩者之間，是有點棘手。難道他不知道他們需要獨處好交談嗎？結實的撞擊和迎面的臭屁有時候是那傢伙該受的懲罰。現在娜迪雅踏上了堅實的地面，她在象鼻上回報一個熱吻，可比不禁吐出長長的氣息。這女孩總是舉止有禮，從不用花生米來貶損牠。

凱特・寇德戲謔道：「這隻大象愛上娜迪雅了。」

波羅霸可不喜歡聽到有人把可比和牠主子扯在一塊兒。牠焦慮地注視著、觀察著。娜迪雅熱中學習厚皮動物的語言，對牠可能帶來危險的後果，她不會是想換掉原來的寵物吧？為了奪回主人對牠全部的關注，或許到了該假裝生病的時候。但是牠又害怕會被關在營帳裡，反而失去在原始林意趣橫生的散步，這可是看到野生動物的唯一機會；另一方面，牠也不同意自己的視線遠離了與他爭寵的對手。牠把雙手勾掛在娜迪雅的膀子上，為確定自身權益的穩固，從那裡給了大象具威脅的一拳。

凱特接著說：「這猴子吃醋了。」

將近兩年和猴子同住在一個屋簷下，老作家早已習慣波羅霸陰晴不定的脾氣，就當是家裡多了一個長滿長毛的小男人。跟小猴兒住一塊的因緣是這樣的：娜迪雅接受她的建議到紐約來念書，並且共處一屋，唯一的要求就是她需要波羅霸同行，他們倆從不曾分開過。他們是如此依賴對方，以至於校方特別許可，讓波羅霸可以同她一塊兒入校。這是史上獨一無二的一隻猴子，在紐約的教育體制內，進入正規的課堂。倘若猴子能夠閱讀，凱特也將不以為奇，因為她曾經做過多次噩夢，夢中波羅霸戴著眼鏡坐在沙發上，一隻手端著杯白蘭地，正讀著報紙的商業經濟版。

凱特細細察看亞歷山大、娜迪雅和波羅霸三者怪裡怪氣的組合。小猴子嫉妒任何接近主人的生物，起初，不可避免地敵視亞歷山大，一段時間後才善待之。或許牠知道，這個情況不允許牠像往常一樣，對娜迪雅下「要他或是要我」的通牒，大家都知道娜迪雅絕不會放棄他們任何一位的。凱特還注意到這兩個年輕人，一年來改變許多。娜迪雅滿十五歲，而她的孫子，滿十八歲，已經有了成年人的體態和穩重。

娜迪雅和亞歷山大也感受到這些變化，在不得不分開的日子裡，他們透過電子郵件瘋狂而執著地聯繫著。他們的生活是在電腦前敲著鍵盤，展開無法結束的交談，從日常生活索然無味的雞毛蒜皮小事，到青少年特有的愁滋味，都在電腦對話中分享。他們常常互寄照片，因此當他們面對面，檢視彼此成長多少時，竟沒有預期的驚訝。亞歷山大像一夕抽長的小馬，已經有父親一般的身高。他的五官漸次定型，最近幾個月，開始需要每天刮鬍子。對他而言，娜迪雅也不是幾年前他在亞馬遜河初識的模樣，當時她瘦骨嶙峋，耳上掛著成串的鸚鵡羽毛。現在已經可以預見到，不消多久，她就會是個成熟的女人。

奶奶和兩個年輕人在非洲的中心會面，騎乘在爲觀光客而存在的第一個大象遠征隊。提供大象遠征隊觀光的想法出自密契爾・穆撒哈，一個留學倫敦的非洲自然主義者，他覺得大象遠征隊是接近野生動物最好的方式。非洲象就像印度象以及世界上其他的大象一樣，是難以豢養的，但是憑著耐心和謹慎小心的行事，密契爾・穆撒哈辦到了。廣告的小冊子裡，只有寥寥數語的解釋：「大象是環境的一部分，牠的出現拉近和其他動物的距離；不需要汽油，也不需要公路，不污染空氣，也不引人側目。」

當凱特・寇德受託寫一篇相關報導時，正與亞歷山大和娜迪雅相聚在金龍王國的首都——

敦卡拉。他們是受迪巴度國王和貝瑪皇后之邀，來認識他們擁有的第一個兒子，以及參加新的金龍雕像揭幕典禮。金龍雕像的原作在一次爆炸中毀損，凱特的珠寶商朋友製造了一模一樣的雕像取代。

這是第一次，喜瑪拉雅山王國的人民有機會目睹傳說中的神秘寶物，以往只有加冕的國王得以進入。迪巴度決定在皇宮的聽堂展示黃金雕像和寶石，好讓魚貫進入的人群，表達他們的讚嘆、置放鮮花和蠟燭的獻禮。這是一場絕妙奇觀，置放在彩飾木質底座上的金龍雕像，百盞燈泡的光芒照耀其上。四位站崗的士兵，身穿華麗的古代制服，頭戴插著翎羽的皮帽，手握裝飾用的長矛。迪巴度不允許以保全爲訴求的軍人陣仗冒犯人民。

才剛結束雕像揭幕的官方儀式，凱特・寇德就被告知有一通來自美國的電話正在找她。這個國家的電話系統是老舊過時的，國際通訊簡直是一團糟。所幸經過不斷的吼叫和重複，《國際地理雜誌》的發行人終於確定這位女作家已經瞭解她下一件工作的屬性，她必須馬上動身前往非洲。

她解釋道：「我必須帶我孫子和他的女朋友娜迪雅同行。」

發行人從遙遠的星球回答：「凱特，雜誌社不會負擔他們的費用。」

她回喊說：「那麼我不去了。」

如此這般，幾天後，她到了非洲，兩個年輕人隨行在側，另外有兩位一向跟她一起工作的攝影師也在那裡會合，一位是英國人，名叫提摩西・布魯斯，另一位是拉丁美洲人，名叫約耳・

岡薩雷茲。女作家曾經承諾過不再跟她的孫子和娜迪雅一塊兒旅行，因爲前面兩次的旅行都相當驚險，但她思忖這次非洲的觀光行程，似乎看不出有任何危險。

當飛機抵達肯亞的首都奈洛比時，密契爾・穆撒哈的一個職員前往迎接這群探險隊的成員。有鑑於這一趟要人命的旅程：總共搭乘四個航班的飛機、跨越三大洲，以及飛行數千英里，工作人員致上熱情的歡迎後，便將眾人帶往旅館休息。次日，大家早早起了床，在小飛機啓程狩獵之前，參加城市的一日遊，他們參觀了博物館和當地的市集。

市集位於貧民區，這裡爲茂密的植物所環繞，未經鋪路的陋巷擠滿人群和車輛：超載三到四人之多的摩托車、亂七八糟的公車、由馬車夫駕駛的貨運馬車。市集還提供了種類繁多的農產品、海產和手工製品，舉凡犀牛角、尼羅河的黃金魚到武器類的走私品，一應俱全。成員們約好一小時後集合在某特定的轉角，之後就各自散去。不過說比做還容易，因爲在騷亂喧譁的市集，難以知曉所在的位置。亞歷山大怕娜迪雅迷路或是被人群踩壓，便牽著她的手，一同行動。

市集展現了非洲文化和種族的多樣性——沙漠的游牧民族，騎著配備齊全馬匹的瘦癯騎士；纏著頭巾，露出半邊臉的伊斯蘭教徒；雙眼熱情、臉上有藍色刺青的女人；裸裎的身上塗滿紅土和白粉的牧人，還有成百的赤腳孩童在狗群間跑來跑去。女人們可視爲一種奇觀，有些女人頭上纏繞著炫亮而色彩奪目上過漿的頭巾，遠遠望去好像船隻揚起的帆；有些人頂著剃光的頭，從下巴到雙肩之間則有不可計數的項圈，有些人身上包裹著一尺又一尺花色鮮豔的布匹，另有些人幾乎是一絲不掛。空氣中洋溢著持續不斷的閒談雜音，各地方的語言、音樂、笑聲、聲嘶力竭的喊叫聲，以及當場宰殺的動物哀嚎聲。黑色禿鷹低飛在半空中，正好可以即時攫取被宰殺者的內臟，只見鮮血從肉販的桌子流下，繼而消失在地上的塵土中。

亞歷山大和娜迪雅邊走邊讚嘆眼前這個充滿色彩的盛會，他們有時停下腳步，爲了一只玻璃手鐲討價還價、品嘗一塊玉米餅，或是用剛剛在機場購買的傻瓜相機拍照。突然他們的鼻子撞上了鴕鳥，鴕鳥的雙腳被縛，像在等待未知的命運。這隻鴕鳥比想像中來得高大和強壯，牠從高處，以無比蔑視的姿態俯視他們，在毫無預警下，彎下長長的脖子朝波羅霸啄了一口，波羅霸跳到亞歷山大頭上，緊緊捉住他的雙耳。小猴子巧妙地避開了致命的一擊，像瘋子般地放聲尖叫。鴕鳥撲打牠那雙短短的翅膀，向著他們猛衝過去，直到抵達鎖鍊羈絆牠的地方。娜迪雅出其不意地用一隻手襲擊以便護衛大家，就在千鈞一髮之際，約耳・岡薩雷茲適時出現，他用相機捕捉到亞歷山大和猴子驚愕的表情。

約耳宣稱：「這張相片將刊登在雜誌的封面上。」

逃離目中無人的鴕鳥，娜迪雅和亞歷山大拐過街角，立刻發現市場上的巫術算命區。那裡有施魔法和施妖術的巫師、預言家、拜物教徒、巫醫、放蠱人、驅魔者和巫毒教的巫師，他們正在四腳撐起的遮陽帳棚下爲客人服務。他們來自數以百計的部落，演練著各式各樣的祭典儀式。這兩個好朋友穿梭在這些窄小的街道，始終不敢鬆開握緊的手，在一些攤位前他們停下腳步，看著浸泡小動物的酒精細頸玻璃瓶和爬蟲類標本；驅除邪惡之眼和愛情詛咒的護身符；治療心靈和肉體的草藥、藥水和香脂藥膏；幫助作夢、遺忘和甦醒的藥粉；用來獻祭的活生生動物；免受嫉妒貪婪之害的護身項鍊；寫信給死人的血液墨水；最後是爲了減緩生命恐懼、奇幻的巨大寶庫。

娜迪雅見過巴西巫毒教的儀式，也對這些象徵物習以爲常，但是對亞歷山大而言，市集的這一區簡直是個夢幻世界。他們在一個跟其他不一樣的攤位停了下來，那是用稻草稈堆砌的圓錐形棚頂，懸掛著幾片塑膠簾幕。亞歷山大彎下身來想一探究竟，猛然地被一雙強勁的手一把抓住衣服，將他拖到帳棚裡面。

在帳棚的尖頂下方，一個身形壯碩的女人坐在地上。那是一座頭上用綠松石色毛巾加冕的肉山。她身穿黃藍色系的衣服，胸前掛著一圈圈色彩繽紛的項鍊。她的工作是靈媒，遊走在精靈的世界和充滿物質、預言和巫毒巫術的世界。地上有一塊黑白繪圖的布巾，各種體態的木雕惡魔和神像環繞在一旁，有些雕像沾滿獻祭動物的鮮血，有些雕像插滿釘子，與雕像同在的是供奉的水果、小麥、鮮花和金錢。那女人抽著捲成圓筒狀的黑色菸葉，濃厚的煙味把兩個年輕人嗆出淚來。亞歷山大企圖鬆開那雙緊錮著他的手，但是女人突起的雙眼瞪視著他，同時發出深沉的咆哮。年輕人記起這是他圖騰動物的叫聲，他在靈魂出竅時聽到過，那是當他接納並化身爲該動物時，所發出的聲音。

身旁的娜迪雅大叫：「這是黑色的神豹！」

女巫師強迫這個美國青年坐到面前，她從袒露的領口拿出一只破舊的皮革包包，將包包內的東西清空，全倒在那塊黑白圖案的布巾上，都是一些使用頻繁而油亮光滑的白色貝殼。她開始用自己的語言咕噥起來，咬在齒間的菸捲，未曾鬆脫。

亞歷山大轉換著法語和英語問道：「妳說英語嗎？」

爲了方便溝通，她夾雜著英語和非洲土語回答：「你來自另一個地方，很遠的地方，你想要從班黑斯嬷嬷得到什麼？」

亞歷山大聳聳肩，露出緊張的笑容，斜眼望著娜迪雅，看看她是否瞭解這一切發生的事。女孩從錢包拿出幾張鈔票，將它放在奉獻金錢的南瓜裡。

女巫對著亞歷山大說：「班黑斯嬷嬷可以看穿你的心。」

「我的心有什麼？」

她說：「你想找一種藥，爲了治療一個女人。」

亞歷山大喃喃自語：「我媽媽已經沒病了，她的癌症已經治癒了……」他很驚訝，不明白遠在非洲市集的女巫，如何知道母親麗莎的種種。

班黑斯嬷嬷說：「總之，你對她放心不下。」她用一隻手搖晃貝殼，像是擲骰子一般，補充說道：「你不是那個女人或生或死的主宰。」

亞歷山大憂愁地問道：「她可以活下去嗎？」

「如果你回到她身旁，她將會活下去。如果你不回去，她將會憂傷致死，不是因爲生病的緣故。」

年輕人大喊：「我當然會回家啊！」

「這不一定，你將遇到很多危險，不過，你是勇敢的。善用你的勇氣，否則就是一死。」女人慨然陳詞並指向娜迪雅：「而且這女孩將會跟你一起死。」

亞歷山大問：「這是什麼意思？」

「你可以造成傷害，也可以成就好事。成就好事不會有報償，但是你心靈會得滿足。有時候會有掙扎，你必須自己作決定。」

「我應該怎麼做？」

「班黑斯嬷嬷只能看到人的內心，不能指示道路。」她轉向已經和亞歷山大坐在一處的娜迪雅，將指頭放在女孩兩眼之間的額頭上，說道：「妳是神奇的，妳有鳥類的視覺，可以看清楚天空，可以看清楚遠方，妳可以幫助他。」

女巫閉上雙眼，開始前後搖晃，汗水流滿了她的臉和脖子。天氣熱得讓人受不了。市集的味道蔓延到他們的鼻中：腐爛的水果、垃圾、血腥和汽油的味道。班黑斯嬷嬷從咽喉發出聲音，是來自五臟六腑、深長而沙啞的哀鳴，逐次升高的聲音，終致震動了地板，像是來自地心一般。亞歷山大和娜迪雅頭暈目眩直冒汗，他們害怕自己元氣盡失。在這一方小小的空間，煙霧瀰漫，簡直令人無法呼吸。他們益發地惶惑，企圖逃脫，卻無法移動身子。鼓聲震天價響搖撼他們，狗的吠叫時有所聞，苦澀的唾液充塞嘴巴，面對這兩雙不信任的眼神，巨大的女人縮小到看不見，如同洩了氣的氣球，取代女人出現的是一隻神話鳥，一身光輝耀眼的黃色和藍色的羽毛，頭頂著綠松石色的羽冠，這是來自天堂的鳥，牠展開彩虹的翅膀懷抱他們，帶他們飛升上天。

這對好朋友被拋向天際，他們看見自己好像散逸墨水畫出的兩條線，在光彩耀眼和波浪起伏的萬花筒裡，以震懾的速度變化著。他們變成煙火的光芒，身軀被火花消融，他們失去了對生命、時間和恐懼的認知。接著火花將他們匯集成電流的旋風，他們再度看到自己，像是飛翔在萬花筒裡夢幻圖形間的兩個小點。現在他們兩個是手掌大小、飄浮在恆星的太空人。他們感覺不到身體的存在，但能模糊地意識到身體的運動和彼此的連結。他們抓牢身體的聯繫，因爲這是對他們尙存有人性特質唯一的證明，握緊的雙手，讓他們不至於完全迷失。

綠色，他們墜入一種絕對的綠色裡。他們開始像飛箭般落下，當不可避免的撞擊來到，顏色轉爲模糊，他們沒有摔碎在地上，反而是像羽毛般慢慢向下飄浮，淹沒在一片荒謬的植物叢中，棉花狀的植物群生長在炎熱而潮濕的其他星球裡。他們變成透明的水母，是從那一帶的蒸汽中稀釋而成的。在此膠凍的身體狀態下，沒有骨頭支撐身形，沒有力量自衛，也沒有聲音可以喊叫，死亡、鮮血、戰爭和像綢緞般的森林等一連串粗暴的影像，快速地顯現在他們面前。接著列隊前進的幽靈隊伍進入眼簾，幽靈在大型動物的火焰之間拖曳著步伐，他們看到一筐筐裝滿人類的手的籃子和鳥籠裡的女人及小孩。

剎那間，他們重新作回自己，回復以往的人形。那時候，伴隨著最糟糕卻清晰的駭人夢魘，他們面前出現了來勢洶洶的吃人魔。吃人魔長有三個頭，滿身鱷魚皮；三個頭彼此相異，第一個頭有四隻角，披著粗硬的獅子鬃毛；第二個頭是禿的，沒有眼睛，鼻子不斷噴火；第三個頭是金錢豹的顱骨，長著沾染鮮血的犬牙和燃燒的惡魔瞳孔。三個頭同樣有著張開的咽喉和鬣蜥的舌頭，怪獸龐大的爪子笨重地舞動著，企圖抓住他們，三張寡歡的臉啐吐出有毒的黏液。一而再、再而三，這對年輕人避開凶猛的手掌攻擊，卻不能逃走，因爲他們被困在沉重的泥沼裡。在無止盡的時間流裡，他們巧妙地閃躲怪獸，直到發現自己手中握有長矛，絕望的他們才開始盲目地反抗。當他們戰勝了其中一個頭，另外兩個頭就會猛烈攻擊。如果順利擊退這兩個頭，第一個頭又會回來反擊。在戰鬥中，長矛被擊碎了。因此，在最後時刻，他們氣力快要耗盡時，他們以一種超人類的力量回應攻擊，他們變成自己的圖騰動物，亞歷山大變身爲神豹，娜迪雅變身爲天鷹。但是面對那個巨大的敵人，前者的凶猛和後者的翅膀都英雄無用武之力……他們的呼喊逐漸消失在吃人魔的吼叫聲中。

「娜迪雅、亞歷山大！」

凱特．寇德的聲音將他們帶回熟識的世界，他們保持相同的坐姿，一如迷幻之旅開始之前的樣子，他們在非洲市集的草稈棚頂之下，面對著穿著黃藍色彩夾雜衣飾的胖女人。

老太太問道：「我們聽到你們的喊叫，這個女人是誰？發生了什麼事？」

亞歷山大搖晃著，並發出清楚的咬字：「沒事，凱特，沒發生什麼事。」

他不知道該如何向奶奶解釋，剛剛所經驗到的一切，班黑斯嬤嬤低沉的聲音從夢境傳到他們耳中。

女巫師提醒他們：「當心！」

凱特又再問道：「你們究竟發生了什麼事？」

還在發愣的娜迪雅喃喃低語：「我們遇到三個頭的怪獸，那是沒辦法征服的……」

班黑斯嬤嬤說道：「千萬別分開，團結可以獲救，分開就是死路一條。」

隔日一大清早，《國際地理雜誌》的團隊搭乘小飛機，飛往浩瀚的自然保育區，在那裡密契爾・穆撒哈爲他們保留了狩獵遠征的大象。亞歷山大和娜迪雅仍然受到在市集經驗的影響，亞歷山大歸結可能的原因應該是巫女所抽的菸草，會散發含有迷幻成分的煙霧，然而，這不能解釋兩人確實擁有的相同視覺經驗。娜迪雅試著不將整件事理性化，對她而言，那趟恐怖的旅行就是訊息的泉源，一種學習的方式，就像在夢裡的學習一般。她確定在某一個時刻，那些在記憶深處始終清晰的影像，將對她有所助益。

小飛機的駕駛就是飛機的主人安琪・林德瑞拉，她是一位愛冒險又精力旺盛的女人。她利用飛行，在空中多繞了幾圈，好向他們展示壯觀優美的風景。一小時後，飛機降落在一個空曠的地方，兩里之外就是穆撒哈的紮營地。

遠征隊的先進裝備，讓凱特感到失望，她原先期待的是較爲簡陋的設備。還有幾位和善、有效率的非洲職員，穿著卡其制服，攜帶對講機，負責接待觀光客和照應大象。坐落在大地之上的一些帳棚，寬敞得像旅館套房；兩棟木造的輕型建築，是交誼區和廚房的所在。床上掛著白色的蚊帳，家具皆是竹製品，至於地毯的種類，有斑馬皮和羚羊皮。浴室包含了廁所和提供溫水的智慧型淋浴池。發電機的運作是從晚上七點到十點，其餘時間得點蠟燭或點煤油燈。每天的飯食由兩位廚師預備，食物非常美味可口，就連亞歷山大也都狼吞虎嚥，起初他可是拒絕任何一道叫不出名字的菜餚。說真格的，凱特曾經因爲寫作和旅行工作住過許多房舍，這個營地比大部分的住宿還來得高級。老太太決定在她的文章中，加入撻伐這些減損遠征隊特色的評論。

清晨五點四十五分便響起喚人起床的鐘聲，唯有如此，他們才能善用一天中最涼爽的幾個小時。不過，早在鐘響以前，一群蝙蝠的獨特聲音已把他們吵醒。蝙蝠整整一夜地飛行著，直到天邊升起第一道曙光，晨光提醒蝙蝠該回到牠們的巢穴。剛煮好的咖啡香味，也在這時候滲透飄入空氣中。這些非洲的訪客，打開他們的帳棚，走到戶外伸展四肢，此時無與倫比的非洲太陽將要升起，地平線上有一道優雅的火圈。黎明的光線反射在任何時刻都裹著泛紅薄霧的土地，那漸漸擦去直到終於消失的風景，彷如海市蜃樓般。

營地因著人們的活動頓時間沸騰起來，廚師吆喝大家用餐，密契爾・穆撒哈口述他訂的規則。用畢早餐，他把大家集合一處，利用簡短的會議，介紹那些他們在白天會看到的動物、鳥類和植物。提摩西・布魯斯和約耳・岡薩雷茲備妥相機，工作人員牽來大象。一隻兩歲的象寶寶跟著隊伍，牠開心地小跑步跟著媽媽，母象媽媽是唯一常常要提醒牠趕路的大象，因爲牠會分心看飛翔的蝴蝶，或是跳到井裡和河川游泳。

坐在大象身上，看到的景象是壯麗的。這些巨大的長鼻目動物，靜悄悄地移動，這是牠們對大自然的模擬。牠們以笨重的冷靜步伐邁步向前，才一會兒工夫，已經不費力氣地走了好幾英里。除了前面那隻象寶寶，大象隊裡沒有一隻象是生下來就被豢養的，他們都是野生動物，因此牠們的行為模式不可預知。密契爾・穆撒哈警告大家必須遵循規章，否則他無法保證大家的安全。隊伍中唯一慣常違反規章的是娜迪雅，打從第一天，她就跟大象建立了一種極為特殊的關係，遠征隊的領隊只好選擇當個近視眼，無視她的違規。

整個上午這群訪客行走在保育區內，彼此用手勢溝通，不開口說話，為的是避免驚動其他動物。穆撒哈騎乘著大象隊伍中最老的一頭公象，作開路先鋒；緊接其後的是凱特和攝影師，他們騎著母象，其中一頭就是象寶寶的媽媽；接著是亞歷山大、娜迪雅和波羅霸，他們共騎著大象可比；隊伍押隊的是騎在年輕公象上的兩個工作人員，他們帶著口糧、午休的帳棚和部分的攝影器材，還帶著具威力的麻醉槍，萬一遇到尋釁的野獸，正好可以派上用場。

大象群會習慣性地停下來齧啃樹葉，有些時候，遠征隊成員往往要面對一家子在同一樹下休息的獅子；有時候極為靠近犀牛，亞歷山大和娜迪雅可以看到自己的影子反射在犀牛圓滾滾的眼睛裡，而犀牛也從底下露出不信任的眼光研究他們。整群的水牛和黑斑羚看到遠征隊走近，通常不為所動，牠們或許見過人類，但是具有威力的大象現身，卻誤導了動物對人類一貫的認知。因此，遠征隊員可以在害羞的斑馬中間散步，近距離拍攝爭食羚羊腐肉的鬣狗群，以及撫摸長頸鹿的頸子。長頸鹿如公主般的眼睛正觀察他們，嘴巴正舔著他們的手。

密契爾・穆撒哈惋惜地說：「好可惜啊，因為再過幾年，非洲將不會有自由的野生動物，只有在動物園和保留區可以看到。」

正午時分，他們在樹林的保護下駐足，吃著籃筐裡的食物，在樹蔭下小憩到下午四、五點。午休時間，野生動物都安歇了，在燃燒的日光照射下，保育區遼闊的曠野寂靜無聲。密契爾‧穆撒哈瞭解這片土地，熟知如何計算時間和距離，因此當太陽這巨大的圓盤開始下沉時，他們已接近營地，炊煙裊裊，清晰可見。夜晚時分，他們偶爾會再出門，前往觀察動物到河邊喝水的情形。

第二章　大象遠征隊

一群爲數半打的狒狒隊伍已經將營地設備破壞殆盡。帳棚攤在地上，麵粉、木薯粉、稻米、菜豆和貯藏用的陶罐被丟得滿地，撕碎的睡袋高掛在樹上，損壞的椅子和桌子堆疊在中庭。營地的整個景況就像是遭遇了颱風的侵襲。狒狒隊伍由一隻最激進的狒狒所領導，牠們佔據了鍋碗瓢盆，並當成棍棒來使用，彼此互相棒打，誰要越雷池一步就發動攻擊。

密契爾・穆撒哈大叫：「天殺的，發生什麼事！」

其中一名工作人員試圖解讀殘局：「恐怕牠們是喝醉了……」

這群狒狒往日總是圍繞在營地四周，隨時準備把可以丟進嘴巴的東西據爲己有。夜晚時潛進垃圾堆，如果沒有保管好食物，牠們就將之偷走。雖然牠們不友善，總是齜牙咧嘴地吱吱叫著，但是還頗忌憚人類，始終保持明顯的距離。顯然，這次的攻擊非比尋常。

當晚，大家是睡不成覺了，因此穆撒哈下令射擊麻醉槍。然而這群狒狒像見鬼似地奔跑竄跳，要命中目標並不容易，好不容易一隻一隻的狒狒終於被鎮定劑螫叮，僵直地倒在地上。亞歷山大和提摩西・布魯斯幫忙從腳踝和手腕處抬起狒狒，把牠們帶到離營地兩百公尺遠的地方，在那裡狒狒可以大聲打鼾，直到藥效退去，而不會干擾到人。這些長毛惡臭的身軀，實際的重量遠比從體積猜想可以容納的重量還重。摸過這些狒狒，亞歷山大、提摩西・布魯斯和工作人員得要洗澡、洗衣服和用殺蟲劑消毒，好擺脫臭味和跳蚤纏身。

當遠征隊的人員試圖將那一堆混雜的物品歸位時，密契爾・穆撒哈正在調查事情的原委。原因可能是，工作人員的一個閃失，讓其中一隻狒狒闖進了凱特和娜迪雅的帳棚，帳棚裡有凱特貯存的伏特加。猴類有本事老遠就聞到酒精的味道，包括封裝未開的酒。狒狒偷了一瓶伏特加，打破瓶頸，然後跟牠的酒肉朋友分享瓶內的美酒。嚥下第二口，牠們就醉了，到了第三口，牠們卯起勁破壞營地，如同一群神智不清的野蠻海盜。

「我需要伏特加來止消我骨頭的痠痛。」凱特邊數算殘餘的酒瓶邊抱怨，是該小心看管她那些爲數不多，像黃金般貴重的酒瓶了。

穆撒哈建議：「不可以吃阿斯匹林來止痛嗎？」

女作家大叫：「藥丸都是毒藥啊！我只用天然的產品。」

一旦狒狒沉沉地睡去，大家就抓住機會重新整頓營地，有人注意到提摩西・布魯斯的襯衫染有血跡。這個英國佬以其一貫的冷漠，承認被咬傷了。

他解釋道：「似乎有一隻狒狒沒有完全昏迷。」

穆撒哈要求說：「讓我看看。」

布魯斯揚起左邊的眉毛，這是紳士面無表情的臉孔上唯一的表情，也是他用來表達所能感受到的三種情緒中的任何一種：驚訝、懷疑和困擾。現在的情形是最後一種。他憎惡任何一種形式的不安，然而因爲穆撒哈堅持，看來只有捲起袖子一途。咬傷處已經不再流血，被牙齒鑽入皮膚的傷口，已經有一些結痂，但是前臂腫脹了起來。

穆撒哈告知：「這些猴子會傳染疾病，我要幫你注射抗生素，不過最好還是去看醫生。」

布魯斯的左眉已上揚到了前額的一半，可以確定的是他感到極度不安。

密契爾．穆撒哈打無線電給安琪．林德瑞拉，告訴她營地發生的情況。這名年輕的女機師答覆道，她不能夜間飛行，不過隔天一大早她就會飛來找布魯斯，將他載到首都奈洛比。遠征隊的首領忍俊不住，展露笑顏：狒狒的齧咬提供他一個原先沒預期的機會，他可以很快看到安琪，他對這個女子有不敢坦白心意的怯懦。

到了晚上布魯斯發起高燒，穆撒哈不確定是傷口所致或是突然襲擊的瘧疾，無論如何，他都憂心忡忡，他有責任確保觀光客的舒適安全。

一群游牧的馬賽依族，就是慣常橫越原始林區的一族，趕著長有大犄角的母牛，在傍晚時抵達營地。他們個子又高又瘦，美麗又自負；頭和脖子上裝飾著許多複雜的項鍊，穿著一塊綁在腰際的布，隨身總是攜帶長矛。他們相信自己是神的選民，由於神的恩典，土地和土地上的所有物都歸屬他們。這個理由讓他們有權利將他人的牲畜據爲己有，這是使其他部落不悅的習俗。穆撒哈沒有畜牧，他不怕他們的搶奪。他們之間有著清楚的協議：馬賽依族的人熱情歡迎他們在原始林區漫走，可是不能動到野生動物一根汗毛。

如同往常，穆撒哈請他們吃飯，還邀他們多作停留。部落的人不喜歡有外國人陪伴，但因爲他們的部落有一個小孩生病了，只好接受邀請。他們等待的女巫醫已經上路，這位女巫醫是這個區域赫赫有名的人物，爲了治療病人，經常得長途跋涉，她的處方是藥草和強烈的信仰。部落的人不能用現代通訊方式聯絡到女巫醫，但是基於某種原因，他們知道女巫醫將會在晚上抵達，因此他們留在穆撒哈的領地等候。果然不出他們的推測，太陽一下山，遠方就傳來女巫醫的護身符和鈴鐺的叮噹作響，一個消瘦蒼白、赤腳且窮酸的身影在黃昏飛揚的紅塵土中現身。此刻她只穿著一條碎布做成的短裙，她的行李裝有數個南瓜、護身符包包、草藥、兩根鑲有羽冠的魔術棒；她有一頭不曾剪過的頭髮，並用紅黏土捲成長條狀，皺褶的皮膚披掛在骨頭上，看似衰老異常的老太婆，卻步履敏捷，雙腳和雙臂都孔武有力。她將在營地外幾公尺的地方執行病人的治療。

密契爾・穆撒哈解說原委：「女巫醫說這是受到冒犯的祖靈，進到小孩的體內。需要幫祖靈確認身份，好將他送到另一個屬於他的世界。」

約耳・岡薩雷茲笑了起來，二十一世紀還有這樣的想法，讓他覺得非常有趣。

穆撒哈告訴他：「小子，不准你訕笑。類似的例子中，有百分之八十的病人得到醫治。」

他又補充一個例子，有一次他看到兩個人在地上打滾咬舌頭、口吐白沫、哀嚎和咆哮。根據他們家人的說法，他們是被鬣狗佔據了靈魂，就是這位女巫醫治好了他們。

約耳・岡薩雷茲辯說：「這叫歇斯底里症。」

穆撒哈笑著說：「隨便你怎麼稱呼，事實就是他們通過驅魔儀式重獲健康，使用藥品和電擊的西方醫學很少可以達到相同的效果。」

「算了吧！密契爾，您是在倫敦接受科學教育的，別對我說……」

「無論如何，我還是個土生土長的非洲人。」這位自然主義者插話進來：「在非洲的醫生都瞭解到不該視巫醫爲荒謬，而是應該跟他們合作。有時候法術比從外國引進的醫療方法，可以給予更好的療效。人們信賴女巫醫，所以能起作用。女巫醫的建言成就了奇蹟，別輕視我們的巫醫。」

凱特・寇德準備好記錄醫療的儀式，約耳・岡薩雷茲對於剛剛的嘲弄感到慚愧，趕忙架好相機，以便進行拍攝的工作。

赤裸的小孩被置放在地面的毯子上，大家族的成員圍繞在他的四周。老太婆開始敲擊她的魔術棒，用南瓜製造聲響，一邊繞著圓圈跳舞，一邊起音讚美詩歌，很快地族人就跟著唱和。不一會兒，女巫醫陷入出神狀態，她的身體直打哆嗦，眼睛朝上翻白眼。躺在地上的小孩變得僵硬，他的身體向後弓起，最後只剩下後頸和腳踝支撐著。

娜迪雅感覺到儀式的能量像是一股電流，她沒有多想，就被一種陌生的情緒推動著，她也加入游牧民族的頌歌和狂亂的舞蹈。治療的儀式持續數個小時，女巫醫在這段時間努力地吸收惡靈，正如穆撒哈剛剛的解釋，惡靈掌控了小孩子，霸佔了他的身體。終於，小病人不再僵硬，並且放聲大哭，這可以解釋爲康復的徵兆。在眾人的歡欣鼓舞下，他的母親將他抱起，輕搖他，也親吻他。

約莫過了二十分鐘，女巫醫脫離出神狀態，她知會眾人，病人已經從邪惡中被釋放出來，從這晚起就可以正常飲食了；相反地，孩子的父母要禁食三天，來討好被驅逐的靈魂。老太婆接受一個南瓜，當作唯一的食物和報償，南瓜裡面混有酸牛奶和新鮮母牛的血，這是馬賽依族的牧人在母牛脖子上劃下一刀所得到的。接著她稍作休息，爲了待會兒要進行的第二階段工作，要取出暫居在她身體的惡靈，將之送往屬於他的極樂世界。滿懷感激的部落族人，得要到較遠的地方過夜。

亞歷山大提出建議說：「如果這個制度如此有效，我們可以請求這位好女士醫治提摩西。」穆撒哈回答道：「沒有信心是起不了作用的。此外，女巫醫已經疲憊不堪，她需要在照顧下一位病患以前回復元氣。」

因此，正當非洲小孩在星空下享受一星期來的第一餐，英國攝影師則依然在剩餘的夜裡，繼續在他的雙層床位上發燒、打顫。

安琪・林德瑞拉遵守跟穆撒哈用無線電通話時的承諾，隔日就來到了遠征隊的營地。他們看到天空的飛機，便前往飛機將著陸的羅貝拉爾原野去迎接她。約耳・岡薩雷茲想要陪伴好友提摩西，凱特適時提醒他，總是要有人留下來爲雜誌的文章拍攝照片。

大家趁著飛機加油時，幫忙安置病人和他的行李，安琪得空坐在營帳下品嘗一杯咖啡，稍作休息。安琪這個非洲女孩，有著棕色的皮膚，健康、高䠷、結實，笑臉迎人，不確定她的歲數，大概介於二十五到四十歲。她那單純的笑靨和清新的容顏，讓人第一眼就深受吸引。她述說自己出生在波札那，因爲拿到一筆獎學金，到古巴學習駕駛飛機。她父親在過世前，賣掉了牧場和牲畜，準備給她當嫁妝。這筆錢她沒用來找個可敬的丈夫，取而代之的是買了生平第一架飛機。安琪像是隻自由的小鳥，任何地方都沒有她的巢穴，她的工作就是駕著飛機從一地飛到另一地，今天運送疫苗到薩伊，隔天卻載著在賽烈哥地曠野拍攝冒險電影的演員和設備，或者是載一團膽大的登山者到傳奇的吉力馬札羅山的山腳下。她吹噓自己擁有一頭水牛的力氣，爲了展現力氣，她跟所有敢於接受挑戰的男人比腕力。她一生下來背脊就有個星形胎記，根據她的判定，這絕對是一顆幸運的記號。由於這顆星，她在無數次的冒險中得以倖存。有一回，在蘇丹的一場動亂，她險些被亂石打死；另一回，她在衣索比亞的沙漠迷路達五天之久，獨自一人徒步行走，身上已經沒有食物，只有一瓶水，儘管如此，還是沒有任何一次的冒險比得上那個經歷，那一回，她被迫用降落傘逃生，卻掉落在滿布鱷魚的河流中。

她向《國際地理雜誌》的乘客講述這個故事以前，連忙澄清道：「這是發生在有賽斯納兩棲飛機之前的事，我的小飛機從來沒有失事過。」

亞歷山大問道：「妳怎麼逃脫生還的？」

「那些鱷魚被降落傘的傘布罩住而轉移注意力，我趁著這段空檔游到岸邊，然後快跑逃離那個地方。那一次我獲救了，但是遲早我會被鱷魚吞噬，這是我的命運……」

娜迪雅試探究地問：「妳怎麼會知道？」

安琪回答道：「一個可以預知未來的女術士告訴我的，班黑斯嬤嬤有預言從不落空的名聲。」

亞歷山大插嘴道：「班黑斯嬤嬤？那個在市集擺攤的胖女人？」

「是同一個人。她不是胖，而是粗壯結實。」安琪趕快釐清，她對於體重的話題是很敏感的。

亞歷山大和娜迪雅互看一眼，對於這樣奇妙的巧合，感到驚訝。儘管有著大嗓門和略嫌粗魯的言談，安琪仍然是非常妖嬈的女人。她穿著花紋圖案的齊膝短袖束腰外衣，戴著沉甸甸的民族風首飾，這些是在手工藝商展買到的。她習慣用亮眼的粉紅色塗嘴唇。她那經過設計的髮型，披散的數十條不同顏色的辮子，閃閃發光。她說她的工作型態對纖纖十指是有破壞性的，她不允許自己的手變成技工一般的手，所以還留著長長塗滿蔻丹的指甲。爲了保養皮膚，她還塗抹被認爲有神奇效用的烏龜脂肪。而烏龜長滿皺紋的事實，並未減少她對這個產品的信任。

「我認識不少愛慕安琪的男人。」穆撒哈如此評論，卻不表明自己也是其中的一員。

她朝他眨了一隻眼睛，然後說明自己絕對不會結婚，因爲她的心已經破碎了。她這一生只戀愛過一次：她愛上一個馬賽依族的戰士，這個男人有五個太太和十九個小孩。

安琪說：「他有很長的骨架子，琥珀色的眼睛。」

娜迪雅和亞歷山大齊聲開口問道：「然後怎麼了……」

她悲傷的嘆了口氣，下結論道：「他不想娶我。」

密契爾・穆撒哈笑著說：「多笨的男人啊！」

安琪解釋道：「那時我十歲，比他重了十五公斤。」

女機師喝完她的咖啡，準備要啓程了。朋友們向提摩西・布魯斯道別。前一晚的高燒使他虛弱不少，他甚至沒有力氣揚起他左邊的眉毛。

遠征隊的最後幾天，在騎乘大象遠足的歡愉中，過得相當快。他們再一次看到游牧民族的小部落，確認小男孩已經痊癒了。與此同時，他們透過無線電得知提摩西・布魯斯還住在醫院，他的病況是混合瘧疾和被狒狒咬傷的傷口，傷口的感染用抗生素難以治癒。

第三天下午安琪・林德瑞拉來找他們，當晚留宿在營地，以便次日早早載大家離開。從第一次見面，她就與凱特・寇德建立良好的友誼，兩人都是飲酒高手，安琪喝啤酒，凱特喝伏特加。她們備有極爲豐富的故事寶庫，駭人聽聞的故事使聽眾著迷。這個晚上，大家環繞火堆圍成圓圈坐著，享受羚羊烤肉和廚師準備的其他佳餚，兩個女人爭著訴說冒險故事來吸引聽眾。就連波羅霸也聽得津津有味。這隻小猴子將牠的時間一分爲三：一是跟著人類，牠一向習慣人的作伴；二是監視可比；三是跟密契爾・穆撒哈領養的黑猩猩家庭玩耍，家庭成員是三隻侏儒黑猩猩。

穆撒哈解說過：「黑猩猩有百分之二十的機率長得比較小，牠們比正常的黑猩猩更加愛好和平。黑猩猩群是由母猩猩發號施令，這意味著牠們有較好的生活品質、較少的競爭和較多的合作。牠們的團體生活，是吃得好睡得好，幼小的猩猩受到保護，生活在處處有玩耍的歡樂活動中。不像其他的猴子，在由雄性主導的群體裡，只會爭吵打架。」

凱特嘆息道：「希望人類也可以這樣。」

密契爾‧穆撒哈說：「這些小動物是非常酷似我們人類的：我們共享很大一部分外型的遺傳，包括牠們的頭骨與我們的相似，很可能我們擁有共同的祖先哩。」

凱特補充說：「看來我們有希望可以進化成跟牠們一樣。」

安琪是個大菸槍，她認爲香菸是她生活組成唯一的富足，她以飛機裡的臭菸味自豪。通常她會告訴那些抱怨的乘客：「誰不喜歡菸草的味道，請走路前往。」作爲戒菸者的凱特，則是睜著貪婪的眼睛看著新朋友的手。她已經戒菸超過一年，但是抽菸的慾望並沒有消失，觀看著安琪一根又一根地抽著菸，她只想哭。她從皮包拿出她的空菸斗，開始悲傷地咀嚼，她總是隨身攜帶空菸斗，就是爲了這樣沮喪的時刻，不過必須承認的是，困擾她呼吸的結核病，已經治癒了。凱特將這事歸功於在茶裡加伏特加，還有娜迪雅住在亞馬遜河的巫師朋友瓦利邁給的藥粉。她的孫子亞歷山大認爲奇蹟來自龍糞做成的護身符，其魔幻的能力令人折服，這是禁地之國（即金龍王國）的國王迪巴度贈送的禮物。凱特不知道她的孫子腦子裡想什麼，過去的他是很理性的，現在卻傾向於奇幻的思考。他和娜迪雅的友誼似乎改變了他。亞歷士對那些化石極具信心，他將幾公克的化石搗碎，直至變爲粉末，然後用米酒沖泡，強迫母親喝下，好對抗癌症。麗莎要他將剩下的化石掛在脖子，幾個月來，就算洗澡也不脫下來，現在亞歷山大要使用它了。

她的孫子保證說道：「凱特，這可以治療骨折和其他的病症，也可以用來驅離箭、刀和子彈的射擊。」

「如果換作你的處境，我是不會嘗試它的。」她嚴肅地回答，但還是很不情願地允許他用龍糞摩擦她的前胸和後背，同時，她心裡面還是嘀咕著這兩者都是沒有道理的。

那一個夜晚，凱特‧寇德和其他人圍繞在營地的惜別篝火四周，大家都捨不得跟新朋友告別，也捨不得離開那個天堂樂園，在那裡他們度過了難忘的一星期。

約耳‧岡薩雷茲爲了安慰大家，說道：「現在離開也好，我很想見到提摩西。」

安琪往喉嚨倒進半陶罐的啤酒，抽一大口菸，然後通知大家：「明天早晨約莫九點鐘出發。」

穆撒哈朝向她說：「安琪，你看起來很累的樣子。」

她說：「這幾天過得很沉重，我必須運送食物到邊境的另一端，那裡的人失去希望，實地去面對饑荒是件很可怕的事。」

穆撒哈解釋道：「那個部落是很高貴的一個民族，過去他們捕魚、打獵和栽種，過著很有尊嚴的生活，但是殖民、戰爭和疾病使他們縮陷在貧窮裡面。現在他們靠救濟爲生，如果沒有接受這大包小包的食物，他們可能全都死光了。半數的非洲人靠最基本的生活必需品維生。」

娜迪雅問道：「這是什麼意思？」

「他們沒有足夠的物資供應生活。」

領隊一句話就結束飯後桌上的雜談，已經過了大半夜，他告知該是回到帳棚睡覺的時刻。一個小時後，營地整個都被祥和的安寧所統治。

整個夜晚只剩下一個工作人員留守，他負責守衛和添加柴火，但是只一會兒，他也被睡魔降伏了。在全體休息的同時，營地四周的生物活動卻開始沸騰。眾星閃耀的偉大穹蒼下，成百種的動物來回奔走，這是外出尋找食物和飲水的時刻。非洲的夜晚是一場再真實不過的演奏會，交雜各式各樣的聲音：出其不意的大象吼叫、鬣狗遙遠的吠聲、被金錢豹驚嚇到的狒狒喊叫、蟾蜍的鳴叫和夏蟬的合唱。

天亮以前，凱特被驚嚇醒過來，她聽到不遠處有怪聲音。「可能是我在作夢。」她輕聲低喃，在雙層床上翻了身。她試圖算算看自己睡了多久。她的骨頭有折裂的痛楚，肌肉感到痠痛，全身抽筋。六十七年來的過度使用，她的骨骼由於旅行受到折損。「我是太老了，不適合這種模式的生活……」女作家暗想著，繼而又收回這樣的想法，她還是相信沒有其他的生活方式，比這更值得去嘗試。她感到沒有活動的夜晚，比白天的疲累還讓人難受。待在帳棚內的時間慢得令人窒息，這時，她又再次聽到吵醒她的怪音。她不能確認是什麼聲音，但聽來像是撓抓或是搔刮的聲響。

最後的一點睡意也完全消散，凱特在床鋪上直起身子，喉嚨發乾，心跳加速。毫無疑問地，有什麼東西在那裡，就在不遠的地方，幾乎只有帳棚一布之隔的距離。小心翼翼地避免出聲，她在黑暗中摸索著，找尋一向就近擺放的手電筒。一隻手指搆到手電筒，她發現自己害怕得直冒汗，潮濕的雙手沒辦法點亮手電筒。她試著再開一次，跟她睡在同一個帳棚的娜迪雅，發出了聲音。

她低聲細語：「噓！凱特不要開燈……」

「怎麼了？」

娜迪雅說：「是獅子，別驚嚇牠們。」

手電筒從女作家的手中掉落。她感到全身的骨頭發軟得像布丁，從內臟發出的尖叫就停留在嘴角。只需要獅爪的一抓，輕薄的尼龍布料就可以撕裂，然後這種大貓就會跳上去壓倒她們。這不是遠征隊裡，第一次有觀光客這樣的死法。在過去的旅行經驗，她曾經親眼目睹獅子就在近到可以數算獅子牙齒的距離；如此經驗，迫使她決定絕不忍受獅子吃她皮肉的痛苦，腦海裡快速閃現羅馬劇場的早期基督徒，他們被判刑讓獅子吞噬而死。手電筒糾纏在覆蓋床上的蚊帳網羅，她在地板找尋手電筒的當下，汗水流過她的臉頰，她聽到大貓被撫摸似的咕嚕聲和新的搔刮。

這次整個帳棚震動起來，好像一棵大樹倒下來壓在上面。充滿恐懼的凱特終於發現娜迪雅也發出一種貓的叫聲。最後，她找到了手電筒，發抖潮濕的手指頭終於點亮了手電筒。那個時候，她看到女孩蹲著，臉極靠近帳棚的棚布，陶醉在和另一邊的野獸作咕嚕聲的交流。一聲尖叫卡在凱特的裡面，然後轉變成可怕的號叫脫口而出，在驚恐中她抓到娜迪雅，讓她四腳朝天摔下。凱特用手拉起娜迪雅的手臂，開始拖拉她。新的尖叫聲，伴隨著獅子恐怖的咆哮，打破營地原有的寧靜。

不顧密契爾・穆撒哈明確的指示：他警告過千百次在夜間離開帳棚的危險，頃刻間，工作人員和觀光的團員都走到營帳外。凱特使勁全力抓著娜迪雅往外走時，女孩踩著腳企圖掙脫開來。半個帳棚已經被破壞得一團亂，有一條蚊帳被解散開來，正好掉落在兩人身上，將她們包裹纏繞住，她們就像兩隻幼蟲掙扎著破繭而出。亞歷山大第一個到達，他跑向她們身旁，努力幫她們從蚊帳中脫身。一旦重獲自由，娜迪雅生氣地把他推開，因爲他們用最粗魯的方式打斷她和獅子的聊天。

就在那時，穆撒哈朝空開槍，野獸的咆哮終於漸行漸遠。工作人員點燃數支火把，握緊他們的武器，分隊探勘營地四周。其間，大象一度非常激動，不過在牠們倉皇奔逃出柵欄、攻擊營地之前，大象保母盡力安撫了牠們。獅子的氣味讓三隻侏儒黑猩猩狂亂，牠們嚇得吱吱叫，攀吊在第一個靠近牠們的人。與此同時，波羅霸早已爬上亞歷山大的頭上，即便亞歷山大抓住牠的尾巴，強要牠下來都沒有辦法。在那一片混亂中，沒有人明白到底發生了什麼事。

約耳・岡薩雷茲驚恐地大叫跑出來。

「蛇啊！一隻大蟒蛇！」

「是獅子啊！」凱特糾正他。

約耳猛地停了下來，亂無頭緒。

他搖晃著頭說：「不是蛇嗎？」

凱特重複同樣的答案：「不是，是獅子啊！」

攝影師咕噥著：「就爲了這個把我吵醒？」

身穿睡衣的安琪・林德瑞拉出現，並且揶揄他說：「哇！天啊！還不找塊布遮住你的私處！」

過一會兒約耳・岡薩雷茲才發現自己全身赤裸，他趕緊弓起身子，用兩手遮住重要部位，回到帳棚。

不久，密契爾・穆撒哈帶回消息：附近有不少獅子的腳印，由此可知凱特和娜迪雅的帳棚是被獅子撕裂的。

他憂愁地說著：「這是第一回在營區發生這樣的事，這類動物從不曾攻擊我們的。」

娜迪雅打斷他說話：「牠們沒有攻擊我們啊！」

凱特氣憤地說：「啊！這麼說來，牠們是有禮貌的拜訪囉！」

「牠們是過來打招呼的！凱特，如果不是你放聲大叫，恐怕我們現在還在聊天呢！」

娜迪雅轉個身子，回到帳棚的庇護所，由於帳棚只剩兩個角落有支撐，她必須匍匐鑽進營帳。

約耳・岡薩雷茲再度出現，身上已經圍上了浴巾。他發表想法：「大家別理她，她只是個青少年。」

其他人議論紛紛，沒有人回頭去睡。他們將篝火撥旺，火把繼續燃燒。波羅霸和三隻侏儒黑猩猩依然怕得要命，牠們儘可能遠離娜迪雅的帳棚站著，因爲在那裡獅子的氣味依舊濃厚。稍頃，蝙蝠拍動翅膀的聲音響起，預告黎明的來到，於是廚師趕忙過濾咖啡，準備有蛋和鹹豬肉的早餐。

「我從來不曾看過妳如此緊張，奶奶，妳的年齡使妳變柔弱了。」亞歷山大邊說，邊端了第一杯咖啡給凱特。

「亞歷山大，別叫我奶奶。」

「那妳也別叫我亞歷山大，我的名字是神豹，至少對我的家人和朋友，我是這個名字。」

「呸！閉嘴，你這乳臭未乾的小子！」她回答時，才呷第一口還冒著熱氣的難喝飲料，嘴唇就被燙到了。

第三章　宣教士

遠征隊的工作人員先將行李搬到羅貝拉爾原野，再陪著這些外國觀光客往安琪的飛機走去，飛機停在離營地幾公里遠的空地。對於這些訪客，這是最後一次騎大象的散步。如同《國際地理雜誌》成員的感受一般，驕傲的可比提早感到分離，牠顯得很難過，幾個星期以來，娜迪雅都是騎在牠身上。波羅霸也是一樣的難過，因爲必須告別三隻黑猩猩，幾天的相處，雙方成了非常要好的朋友，生平第一次牠必須承認，竟然存在著幾乎跟牠一樣聰明的猴子。

人人都注意到賽斯納兩棲飛機是架使用數年、飛行過無數英里的飛機。飛機側面的招牌寫著啓人疑竇的名字：**超級獵鷹**。安琪畫上了猛禽的頭、喙、眼睛和爪子，但是隨著歲月流逝，圖畫幾盡剝落，這架飛機倒像是一隻拔光羽毛的母雞，在反射的晨光映照下兀自悲嘆。搭乘的遊客皆對使用這架飛機作爲交通工具的想法，感到戰慄，娜迪雅是個例外，因爲若是和在亞馬遜河流域載送父親那架老舊生鏽的飛機相比，安琪的**超級獵鷹**真是太棒了。缺乏教養的同一群狒狒，喝光了凱特置放在機翼上的伏特加。牠們彷彿人類慣常的行徑，彼此專心一致地殺死對方身上的虱子作樂。在世界上許多地方，凱特曾經看過同樣溫馨的捉虱子儀式，透過這個方式可以凝聚家人，以及建立朋友關係。有時候，小孩子由小到大一個接一個排著隊，爲了在彼此的頭上撥找虱子。她笑著想到，在美國單單「虱」這一個字就能令人產生恐怖的寒顫。安琪開始朝這群狒狒丟石頭和辱罵，猴群卻用目中無人的輕視回應，直到大象實際地踩踏到牠們身上，牠們才移動。密契爾・穆撒哈交給安琪一個裝有動物麻藥的細頸玻璃瓶，他請求說：

「這是我剩下的最後一瓶，妳可以在下次航行時，帶給我一箱嗎？」

「當然可以。」

「帶著這瓶當樣本，因爲有好多不同的牌子，妳可能會搞混，這個牌子的才是我需要的。」

「沒問題。」安琪說著，她將細頸瓶子放進飛機上的急救箱，存放那兒比較保險。

行李在飛機上安放妥當時，鄰近的灌木叢走出了一名大家不曾見過的男子。男子身穿牛仔長褲、足登長筒靴子和骯髒的純棉襯衫；頭上戴著布帽，背上一只背包掛著一個沾帶煤煙的黑鍋和一把砍刀。他個子矮小、削瘦、稜角分明、禿頭、戴著厚片眼鏡、蒼白膚色，還有一對毛髮稀薄的深色雙眉。

「諸位早安。」男子用西班牙語問候，隨即又將問候語翻成英文和法文：「我是費爾南多修士，天主教的宣教士。」他自我介紹，並和密契爾・穆撒哈握手，隨後再跟其他人握手。

穆撒哈問道：「您是怎麼來到這裡的？」

「受到一些卡車司機的幫助，而一些比較好走的路段，則是靠自己的雙腿。」

「用走的？從哪裡？這附近有好幾英里都沒有半座村莊呢！」

對方回答：「路途雖遙遠，但有天主的引導。」

他解釋自己是西班牙人，出生在加里西亞，但有許多年沒有回過祖國。他一從神學院畢業，就被派往非洲，在非洲的許多國家傳道超過三十年。他最後被委派的地方曾經是盧安達的一個村莊，在那裡他和其他的修士，以及三個修女一起工作，他們有個小小的修會。那個地區被戰爭夷爲平地，是他在非洲大陸所看過最殘暴的一次戰爭。無以數計的難民爲了躲避戰火從一地逃到另一地，卻仍躲不過被抓的命運。那裡的土地覆蓋了灰燼和鮮血，一年來都沒辦法種植任何東西，至於逃過子彈和刀槍的人，卻成了饑荒和疾病的受害者，寡婦和失去家庭的孤兒遊蕩在煉獄般的街道上，他們的身體大多受了傷或是四肢殘缺。

宣教士總結一句話：「死神在那一帶大肆慶祝。」

安琪也說道：「我看到的情形也一樣，死亡人數超過一百萬，屠殺仍繼續著，世界上其他地方的人卻不甚關心。」

宣教士以傳道的口吻說道：「非洲這裡是人類生活的開始，我們都是亞當和夏娃的後裔，根據科學家的說法，亞當和夏娃就是非洲人。這裡是聖經提到的伊甸園。上帝希望這裡是一個樂園，在樂園裡，祂的創造物過著平靜和富足的生活，但是您們看看，因爲恨和人類的愚蠢，樂園已經變樣了……」

凱特問道：「您從戰火中逃離的嗎？」

「當反叛者放火燒學校的時候，我的兄弟和我接到必須撤離修會的命令，但是我不是在戰火下又多出來的一名難民，事實上，我有任務在身，我必須找到兩位失蹤的宣教士。」

穆撒哈問道：「在盧安達嗎？」

「不是，他們是在一個叫恩高背的村落，您看這裡……」

男子將地圖打開攤在地上，方便指出同伴失蹤的地點，其他人圍攏在地圖周圍。

宣教士解說著：「這是位於非洲赤道最難進入、最熱和最不安全的區域。那裡還未文明化，除去河流的獨木舟，就沒有別的交通工具，沒有電話也沒有無線電訊。」

亞歷山大問道：「那麼要如何跟宣教士聯絡呢？」

「信件往返延宕數個月，但是總能不時地帶給我們新的消息。在那些地區的生活是艱困和危險的。整個區被一個叫墨利斯・門班貝列的人統治，他是精神變態、瘋子、野蠻人，他的野蠻行徑顯露在包括食人的行為上。幾個月以來，完全沒有弟兄的消息，我們非常擔心。」

亞歷山大觀察著費爾南多仍然留在地上的地圖。對於一個有著四十五國與六億人口的遼闊大陸，那一小塊紙張連個模糊的想法也不能提供，在那幾個星期的大象遠征隊中，他跟密契爾・穆撒哈學了不少東西，但對於非洲的複雜性，像是多樣的氣候、風景、文化、信仰、種族和語言，仍然感到迷惘。那個宣教士指頭所指之地，對他毫無意義可言，他只明白恩高背是在另一個國家。

費爾南多修士說：「我必須到達那裡。」

安琪問道：「怎麼去？」

「您一定是安琪・林德瑞拉，這架飛機的主人，不是嗎？我聽到很多您的傳聞，他們告訴我您有辦法飛到任何地方……」

「唉！可別是要求我載您一程吧！」安琪叫喊著，還抬高兩隻手護衛自己。

「爲什麼不？這是一個緊急事件。」

安琪回答：「因爲您想去的那個地區是個沼澤森林，飛機是沒辦法降落的；任何有點頭腦的人都不會在那一帶晃蕩；我被《國際地理雜誌》聘僱，要運送這些記者健康平安地抵達首都；我還有其他的事要做；最後的理由是我看不出您能付給我旅費。」

「不用懷疑，天主會付帳。」宣教士說。

「聽著，我覺得你的天主已經有太多的債務了。」

正當他們爭執不下時，亞歷山大拉起祖母的一隻胳臂，將她拉到一旁。

他說：「凱特，我們應該幫助這個男人。」

「你在想什麼？亞歷士，不，我應該叫你神豹。」

「我們可以請求安琪將我們載到恩高背。」

凱特又說：「那誰要負擔這筆開銷？」

「雜誌社，凱特。你想想這篇駭人聽聞的報導，如果我們發現了失蹤的宣教士，你就可以寫出這樣的報導。」

「如果我們找不到呢?」

「也是新聞一樁,難道你看不出來嗎?同樣的機會將不會再有。」她的孫子充滿請求的語氣。

「我需要跟約耳討論一下。」凱特回答著,她的孫子立時覺察,她的雙眼開始閃爍好奇的光芒。

約耳・岡薩雷茲不覺得是個壞主意,因爲提摩西・布魯斯還在醫院治療,他也不能馬上回到倫敦,自己生活的地方。

「凱特,有蟒蛇在那一帶出沒嗎?」

「比世界上任何地方還多,約耳。」

「不過也有大猩猩。或許你可以就近拍到牠們,應該會是《國際地理雜誌》耀眼的封面。」亞歷山大企圖說服他。

「看在這個原因的份上,我跟您們去吧。」約耳下定決心。

他們說服了安琪,一是凱特拿了一疊鈔票放在安琪面前,另一是從這趟飛行非常艱鉅的觀點來看,女駕駛無法抗拒這次的挑戰。她一把抓起了鈔票,點燃今天的第一根菸,命令將行李擺進機艙,同時,她檢查機器儀表,確定**超級獵鷹**運作正常。

「這架飛機沒問題嗎?」約耳問道,對他而言,他工作最糟的地方就是會遇到爬蟲類,其次，就是得乘小飛機的航行。安琪唯一的回答，就是吐了一口菸草唾沫在他腳下。亞歷山大用手肘搗了他一下，表示甚有同感：對於這架飛機他同樣沒有安全感，特別是想到飛機由一個行為異於常人的女人所駕駛。她放了一箱啤酒在腳下，齒間總是啣著一根點燃的香菸，而不遠處就是準備補充用的汽油桶。

二十分鐘以後，兩棲飛機裝載完成，乘客就定位。不是每個人都有座位，亞歷山大和娜迪雅坐在機尾的行李上，沒有人繫上安全帶，因為安琪認為那是沒有用的安全須知。

她說：「萬一飛機失事，安全帶只是用來幫助屍體不至於四分五裂。」

女駕駛啓動馬達，馬達聲激起她臉上的笑容，笑裡盡是無限的溫柔。飛機像隻淋濕的小狗抖動一下，再小咳一番，然後開始在臨時跑道移動。當輪子與地面分離，安琪發出勝利的歡呼，她心愛的飛鷹開始爬升。

「奉天主的名。」宣教士喃喃自語，反覆誦念，約耳・岡薩雷茲也照著做。

空中的視線提供了一小塊非洲風景之美的多樣化展示。他們度過數星期的自然保育區已遠遠落在身後，那裡有泛紅炙熱的廣大曠野，以及滿布的原始林木和原始動物。他們飛越乾燥的沙漠、森林、山脈、湖泊、河川和相隔遙遠的村落。向著地平線彼端前進，他們卻須將時間往後撥慢。引擎的噪音造成交談嚴重的障礙，但是亞歷山大和娜迪雅堅持用吶喊的方式說話。費爾南多教士也用高分貝回答接踵而至的問題，他說那些森林是靠近赤道線的區域，一些十九世紀膽大的探險家、二十世紀的法國和比利時殖民者，都曾短暫地深入那塊綠色的地獄，但死亡率太高了，十個人中有八個人因熱帶高燒、凶殺或意外而罹難，使他們不得不退縮折返。國家獨立以後，當外國的殖民者撤出該國，承接的政府向偏遠的村落擴張他們的觸角。他們修築公路，派遣軍人、老師、醫生和官僚，不過熱帶叢林和可怕的疾病阻擋了文明化。宣教士決心宣揚基督精神，不計任何代價，他們是唯一堅持理念，植根在那塊煉獄般區域的人。

「有些地方每一平方公里只有少於一個人，居民大多集中在河流附近，其他地方渺無人煙。」費爾南多教士說明著：「沒有人進入沼澤區，非洲原住民確信那裡住著孤魂野鬼，現在還認爲那裡仍然有恐龍。」

亞歷山大說：「感覺好令人神往喔！」

宣教士的描述類似於一個神話的非洲，就亞歷山大而言，那是他祖母告知他這趟旅行時，他曾有過的想像。當他們抵達肯亞首都奈洛比，看到一個有著高樓和喧鬧交通的現代都市時，他的幻想破滅了。他看過最接近想像裡的戰士，是來自挪馬達斯的部落，他帶著生病的小孩到穆撒哈的營地。即便是遠征隊的大象，他也覺得太溫馴了。他向娜迪雅如此評論時，她聳聳肩，不瞭解爲什麼他對於非洲的第一印象感到失望，她不期待任何奇特不凡的事物。亞歷山大只好下結論說：如果非洲住滿了外星人，娜迪雅也會自然地接受，因爲她從不預測未來，而是活在當下。或許現在，在費爾南多教士地圖上所圈出的地方，可以發現他曾經想像過的神奇世界。

姑且不提乘客的疲倦、口渴和暈眩，數個小時困難重重的飛行後，安琪開始在薄雲層間下降。女機長指出下方一望無際的綠色土地，一條蜿蜒曲折的河流明晰可辨。看不出有任何人類生活的跡象，但是要看到村莊，飛機的高度仍嫌太高。

費爾南多教士突然叫喊起來：「就是那裡，我確定。」

安琪也用吼叫聲回答：「我猜想也是，不過沒有地方可以降落啊！」

宣教士很有把握的說：「小姐，您就直接降落吧！天主會預備地方。」

「也只能這麼做了，因爲飛機需要加油。」

超級獵鷹開始迴旋下降，越接近地面，乘客便證實了河川比他們在空中所見要來得寬廣。安琪．林德瑞拉跟大家解釋，往南可以發現村落，但是費爾南多教士堅持應該順著西北的方向前進，朝向他的同伴曾經建立修會的地區。她又轉了兩圈，每一次都更接近地面。

她最後決定：「我們在浪費僅存的一點汽油！我要往南前進。」

凱特突然指著說：「那裡，安琪！」

好像變魔術一樣，在河的一邊出現一條從河灘淨空的走道。

凱特提醒她：「跑道非常窄而且短。」

安琪回答：「我們只需要兩百公尺，不過我們連兩百公尺都沒有。」

爲了目測河灘的寬度，找尋可以操作較好的角度，飛機又低空飛行繞了一圈。

「我應該不是第一次降落在少於兩百公尺的跑道，小伙子們，抓緊了，我們要奔馳了！」

她用自己另一種典型的軍事化吶喊知會乘客。

在此之前，安琪．林德瑞拉一直是輕鬆恣意的駕駛姿態，膝蓋夾著一罐啤酒，手上拿著香菸。現在她的態度變了，她使勁往菸灰缸將香菸捻熄，菸灰缸是用黏性膠帶黏貼在地板上的，她在駕駛座上坐正身軀，雙手握緊方向盤，然後一切就緒，口中卻不停地咒罵和發出像是科曼切族印第安人的吶喊，根據她的說法，這是在呼叫好運，每此都很靈驗，她爲了此行在脖子上掛著她的偶像飾品。凱特．寇德也附和安琪，叫喊著直到聲音沙啞，因爲她找不到其他方法發洩緊繃的情緒；娜迪雅．桑多斯閉上眼睛，想念她的父親；亞歷山大．寇德睜亮雙眼，祈求他的朋友天行喇嘛保佑他有神奇的心靈力量，或許可以在這些時刻提供偉大的助益，只是天行身在遙遠的地方；費爾南多教士開始大聲用西班牙語祈禱，約耳．岡薩雷茲也跟著做。短窄河灘的末端林立著難以穿透的雨林植物，彷彿中國的萬里長城，而他們只有一次著陸的機會，如果失敗，將沒有足夠的跑道讓飛機再升起，而且還會衝撞到樹木。

超級獵鷹粗魯地下降，樹木上端的枝葉磨蹭機腹。一旦飛機到達臨時機場，安琪便開始找尋降落的地面，同時祈求土地是硬實的，沒有岩石散布。飛機猛烈傾斜降落，狀似受傷的怪鳥，機艙內一片混亂：旅行袋來回翻跳，乘客衝撞飛機的天花板，啤酒在地上打滾，汽油桶在跳舞。安琪用那在控制盤上僵硬的雙手，使勁掣動煞車，企圖平衡飛機，避免機翼粉碎。飛機馬達絕望地發出吼聲，一陣強烈的塑膠燒焦味侵襲客艙。飛機在意圖停止時抖動一番，然後在一片飛沙煙灰瀰漫中奔馳跑道的最後幾公尺。

「小心樹林！」他們幾乎飛上樹枝頂端的當下，凱特尖叫起來。

安琪不回應乘客這種無謂的發現：她也看到樹林了。她感到絕對的恐懼混雜著迷惑炫人的震懾，每天她在耍玩生命時，兩種情緒就侵襲她，腎上腺素急速的釋放，使她的皮膚發癢、心跳加速，如此歡愉的恐懼，是她工作最好的一部分。用蠻力操控機器使她的肌肉緊繃，用身體和飛機的身體戰鬥，一如牛仔對付蠻橫的鬥牛。很快地，樹林就在兩公尺之遠，乘客都認為應該到了最後的時刻，**超級獵鷹**繼續向前，一陣猛烈的震動，機頭插入土裡。

安琪驚叫：「我們倒大楣了！」

「女人，別這樣說。」從機艙深處傳來費爾南多教士發抖的聲音，他的腳被埋在攝影器材下面：「你沒看見天主不是預備了降落的跑道嗎？」

安琪回報一個玩笑：「快告訴祂，也幫我派來一位技工吧，因為我們有麻煩了！」

「大家都不要歇斯底里，我們應該先檢查傷口。」凱特・寇德邊命令邊準備下飛機，其他人則是匍匐爬向機門。第一個跳到外面的是可憐的波羅霸，在牠的一生中很少受過這樣的驚嚇，亞歷山大看到娜迪雅滿臉是血。

「天鷹！」他大喊著，試圖將娜迪雅從一地混亂裡拉出來，她卡在旅行袋、相機和散落一地的機座裡面。大家終於出到機艙外，檢視每個人的情況，結果是沒有人受傷，娜迪雅臉上的原來是鼻血；相反地，飛機倒是受損了。

安琪說：「就像我原先所擔心的，螺旋槳折成兩段了。」

亞歷山大問道：「很嚴重嗎？」

「在正常的環境，這不算嚴重。如果我可以找到其他的螺旋槳，我自己就可以換了。但是在這裡我們得發愁了，我要從哪裡找到一個替換品呢？」

費爾南多教士還來不及開口之前，安琪雙手扠腰看著他說：

「如果您不想要我真的生氣，請別告訴您的天主會有預備。」

宣教士保持完全的沉默。

凱特問道：「我們究竟是在什麼地方？」

安琪承認：「我連一點想法都沒有。」

費爾南多教士查看他的地圖，歸結此處應該距離他同伴建立修會的村落恩高背不太遠。

安琪說：「我們被熱帶叢林和沼澤圍繞，沒有船就沒有方法離開這裡。」

凱特建議：「那麼我們就生火吧！一杯茶和一口伏特加會讓我們感覺舒服一點。」

第四章　隔離在叢林

夜晚降臨，探險隊員決定在樹林附近紮營，那裡有比較好的遮蔽。

「這一帶有蟒蛇嗎？」約耳・岡薩雷茲邊問，邊想起在亞馬遜河幾乎死在蟒蛇的懷抱。

安琪說：「蟒蛇不是問題，因爲老遠就可以看到，一槍就讓其斃命。最糟的是加彭一帶的蝰蛇和森林的眼鏡蛇，若不小心被咬，不消幾分鐘，就會毒發身亡。」

「我們有解毒藥嗎？」

安琪評斷：「這種毒沒有解藥。我比較擔心的倒是鱷魚，這類大蟲什麼都吃……」

亞歷山大問：「牠們都是在河裡，不是嗎？」

安琪解釋：「牠們也是陸地的猛獸。每當動物在夜晚外出喝水，牠們就攫獲這些動物，將獵物拖到河流的深處，那可不是快樂的死法。」

即便還沒有機會發射，安琪先將左輪手槍和來福步槍的子彈上膛。看情況，他們必須在夜間排班輪流守衛，她對其他人解說手槍和步槍的用法。大家發射了幾槍，藉以檢驗槍枝都在良好的狀態，不過他們當中沒有人能夠在幾尺的距離命中目標。費爾南多教士拒絕加入，根據他的說法，軍火武器都有魔鬼在當中操縱。他在盧安達戰爭的體驗，深刻地刺傷了他。

「這是我的保護符，**配身護符**。」他說著，邊展示一小塊布，碎布懸吊在一條掛在脖子的細繩上。

「那是什麼？」凱特問道，她不曾聽過那個詞。

「這是神聖的物件，被大主教祝福過的。」約耳・岡薩雷茲邊釐清，邊展示自己胸前一個類似的東西。

凱特的行事是奠基在基督教會的簡易平實上，天主教的彌撒是如此繽紛多彩，與非洲居民的宗教儀式不相上下。

「我也有一個護身符，但是我不認爲它能夠救我脫離鱷魚的魔掌。」安琪說著，同時拿出一個皮製的小包包。

費爾南多教士不悅地駁斥：「不要拿您那個巫術的護身符和配身護符相比！」

亞歷山大興味十足地問：「有哪些區別？」

「一個代表基督的能力，另一個則是異教的迷信。」

凱特驟下斷語：「自己的信仰稱爲宗教，他人的信仰稱爲迷信。」

爲了督促孫子學習尊重別人的文化，一逮到機會她就會在他面前重複這句話，還有其他最愛掛在嘴上的名句，比方說：「我們說的話叫**語言**，其他人說的話叫**方言**」、「白人做的東西叫**藝術**，其他種族做的東西叫**手工藝品**」。亞歷山大曾經嘗試在社會科學的課堂講解奶奶的這些諺語，但是沒有人接受其中的諷刺意涵。此時此地，基督信仰和非洲泛靈論的激烈論辯，迅速被點燃，除了亞歷山大和娜迪雅以外，全部的人都加入戰火。亞歷山大的脖子上掛著自己的吉祥物，他樂於選擇閉口不言，娜迪雅在波羅霸的陪伴下，全心忙著從河灘的這頭奔跑到那頭，亞歷山大加入她的行動。

他問：「妳在找什麼，天鷹？」

娜迪雅彎腰從沙中拾起幾段細繩。

她說：「我找到不少這個東西。」

「應該是某種藤本植物……」

「不，我認爲是手工生產的。」

「怎麼可能？」

娜迪雅推斷說：「我不知道。但這意味著不久前有人到過這裡，或許他還會回來，我們不像安琪猜想的那樣孤立無援。」

「希望不是食人族。」

「那就運氣太壞了。」她說，同時想起宣教士曾經說過，那個統治這一區的瘋人。

亞歷山大肯定地說：「我沒有看到任何地方有人的腳印。」

「也沒看到動物的足跡，土地是鬆軟的，想來是雨水沖刷了所有的腳印。」

一天當中下了好幾次暴雨，他們像是淋浴般全身濕透，暴雨的結束和開始一樣突然。那些傾盆大雨一直沖濕他們，卻沒有緩和炎熱天氣的功效。他們搭起安琪的帳篷，篷內要容納五個旅行的成員，第六個人則在篷外守衛。有鑑於費爾南多教士的意見，他們找尋動物的糞便作爲燃料，這是驅趕蚊子和減少人味唯一的方法，人類的味道會吸引附近的野獸。宣教士教他們要預防臭蟲，臭蟲會在指甲和肌肉之間產卵，傷口會因此感染，之後就必須用小刀將指甲拔起，好清除裡面的幼蟲，其過程近似中國的酷刑；爲了避開臭蟲，他們在手和腳都塗上汽油。他還警告大家不要在戶外留下食物，以免吸引螞蟻，叢林的螞蟻可能比鱷魚還要危險。白蟻的侵襲是會令人魂消魄散的：白蟻所經之地全無生命跡象，整塊土地均被摧毀。亞歷山大和娜迪雅在亞馬遜河曾聽說白蟻的危險性，但他們知道非洲的白蟻更有破壞性。傍晚時分，一片雲似的小蜜蜂飛來，正是令人難以忍受的非洲蜂蝶，雖然有糞便燃燒的煙霧瀰漫營地，小蜜蜂仍然覆蓋到眼瞼。

宣教士說：「牠們不會叮咬，只是吸吮汗水。最好不要有驅趕牠們的想法，而是習慣牠們的存在。」

約耳・岡薩雷茲指出：「你們看！」

河岸走出一隻老烏龜，牠的龜殼直徑超過一公尺。

費爾南多教士算了算：「應該有超過一百歲。」

「我知道如何烹調美味可口的烏龜湯！」安琪嚷嚷著，手裡握緊了砍刀：「要抓準時間，當烏龜頭伸出……」

亞歷山大打斷她：「妳別想殺牠。」

安琪說：「龜殼值更多錢。」

「我們有沙丁魚罐頭可以當晚餐。」娜迪雅提醒她，她也反對吃沒有自衛能力的烏龜。

費爾南多教士補充說：「我不贊成殺牠，這樣會有很強烈的味道，恐怕將誘引其他危險的動物來到。」

百歲動物踩著安穩的步伐向河灘的另一端走遠，絲毫不知道自己差點就要成爲人類的盤中飧。

漸落的日頭拉長了附近樹木的影子，河灘終於涼爽許多。

安琪・林德瑞拉笑著說：「費爾南多教士，我要潛進水裡沖個涼，眼睛不要轉向這邊，我不想誘惑您。」

「小姐，我不建議您靠近河流，誰知道水裡會有什麼東西。」宣教士冷冷地回應，眼睛瞧也不瞧她一眼。

話雖如此，她早脫下長褲和上衣，僅著內衣褲就跑向河邊。她沒有莽撞地跳入河岸的深處，而是保持警覺，萬一有危險可以隨時準備奔逃離開。她使用那只用來喝咖啡的黃銅杯子，開心地開始往頭上澆水。其他人也仿效她的行徑，宣教士是個例外，他保持背對著其他人所在的岸邊，準備起寒傖的食物：草豆和沙丁魚罐頭。波羅霸也是個例外，因爲牠討厭水。

娜迪雅是第一個看到河馬的人。傍晚的暮靄讓河馬的顏色擬似棕色的河水，只有在極端靠近的時候，才會察覺牠們的存在。有兩隻成年的河馬在泡水，比起密契爾・穆撒哈的保育區內的河馬體格小一些，牠們離大家洗澡的地方只有幾公尺遠，而第三隻是河馬寶寶，牠從父母強壯有力的屁股後冒出頭來，大家才驚覺牠的存在。爲了不要激怒河馬，大家悄悄地離開河岸，回頭往營地的方向走去。那些笨重的動物對這些人類毫不好奇，繼續在河裡泡了好長一段時間，直到夜晚降臨，才消失在黑暗裡。牠們跟大象一樣，有著粗糙灰色的皮膚和深刻的皺褶，耳朵又圓又小，眼睛非常明亮，帶著桃花心木的咖啡色，頷骨兩旁掛著兩口囊，保護著方形的大牙，牠們的牙齒有辦法嚼碎鐵管。

費爾南多教士解說著：「牠們總是成雙成對，比起大部分的人類，牠們可是忠貞多了。同時牠們會有一個小孩，並且會照顧這個孩子許多年。」

太陽下山後，天黑得很快，一行人發現難以透視的森林，黑暗籠罩四境，唯有岸邊一點微光，那是飛機降落的地方，可以窺見天上的月亮。孤獨感是確定的，他們排定睡眠時間的輪值表，當其中一員輪值守衛，得要維持營火不熄。娜迪雅年紀最輕因而豁免輪班的責任，但她仍堅持陪伴亞歷山大輪值。夜裡，各種動物魚貫而出，全往河邊靠近以便飲水，熏煙、營火和人類的氣味，令牠們不知所措。比較羞怯的動物，受到驚嚇而回頭，其他的動物嗅一嗅空氣，遲疑了一下，終究爲口渴所屈服，往水邊靠近。費爾南多教士在三十年間精研了非洲的花學和動物誌，他的教戰手冊建議不要驚擾這些動物。他說動物通常不會攻擊人類，除非飢餓或是遭到襲擊。

安琪反駁：「那是理論上，實際上，動物的行徑是不可預知的，牠們可以在任何時刻攻擊。」

費爾南多教士說：「營火會驅離動物。我相信在河灘這一帶，我們是安全的。森林裡會比這裡更危險……」

安琪打斷他的話：「是啊！但是現在我們可沒有進入森林。」

宣教士問道：「難道你想永遠留在這個河灘？」

「我們不能通過森林離開此地，唯一的路徑是河道。」

費爾南多教士堅持著說：「游泳嗎？」

亞歷山大提出建議：「我們可以建造一艘木筏。」

費爾南多教士說：「小伙子，我想你是看太多冒險小說。」

凱特下令：「明天我們再做決定，此刻我們就好好休息吧！」

亞歷山大和娜迪雅在凌晨三點鐘輪值看守，這回的輪班將會讓他們和波羅霸看到日出。他們兩人背對背地靠著，武器放在膝上，用窸窣的聲音交談。當他們分離兩地時總是保持聯絡，即使如此，每次見面還是有著千言萬語可以傾吐，他們的友誼非常深厚，估量是可以維持到他們的後半生。他們相信真實的友情，可以抗拒時間的流逝，真實的友誼是無私和慷慨的，不要求改變，只有忠誠信實。他們從來就不會爲了其他人質疑這種微妙的感情，而開口辯護；他們不喜歡誇耀和偉大的示愛，他們喜歡戒慎而寧靜的感情。透過電子郵件，他們分享彼此的夢、思想、情緒和秘密。他們相互的理解夠深，不需要解釋太多，有時候一個字就足以讓對方明白。

不止一次亞歷山大的母親藉機問他，娜迪雅是否是「他的女孩」，他總是極力否認。她不是「他的女孩」這樣有著膚淺意義的專有名詞，母親僅有的一個問題侮辱了他。他和娜迪雅的關係不能和習慣使對方神魂顛倒的戀人比較，或是跟他個人對賽西麗雅・伯恩斯的幻想比較，從他進入學校就讀，就希望娶賽西麗雅爲妻，而他與娜迪雅之間的親密卻是獨一無二、美好而不可批評的。他瞭解在兩個異性的青少年間，這樣強烈和單純的關係不尋常，同樣地，他也不對人談論娜迪雅，因爲根本沒有人能夠瞭解。

一個時辰之後，星星一顆接著一顆隱匿，天空開始清亮起來，首先登場的是一道柔和的亮光，片刻後卻像是精采絕倫的燃火，橙色的反光照亮地景。空中滿是各樣的禽鳥，鳥囀的音樂會喚醒了全部的人。很快地大家都動了起來，有人挑旺篝火準備早餐，有人幫忙安琪・林德瑞拉拆下螺旋槳，試試看能不能修理。

猴群正撲向小營地搶奪食物，他們必須揮舞棍棒來驅趕猴子，一場戰鬥使他們筋疲力竭。猴群逃到河灘的盡頭，從那裡監看他們，等待任何疏忽的空檔好再發動攻擊。酷熱和潮濕令人窒息，衣服黏貼著他們的身體，頭髮濕漉，腳底滾燙。空氣中瀰漫從森林傳來的內臟腐臭的強烈味道，混合著他們爲營火準備的糞便臭氣。口渴糾纏著他們，他們需要小心保護用飛機運來，所剩無幾的包裝水。費爾南多教士建議使用河裡的水，不過凱特提到河水可能帶來的傷寒或霍亂。

安琪補充說：「我們可以煮開，但是天氣這樣熱，應該是沒法子將水冷卻，我們必須喝熱水。」

凱特終結說：「那麼我們就泡茶。」

宣教士用掛在他背包的鍋子從河裡舀水，然後煮水。河水呈現氧化的顏色，有金屬味和奇怪的甜味，令人想作嘔。

波羅霸是唯一進入森林，快速遊歷一番的成員，其他人都害怕在濃密的森林迷路。娜迪雅注意到波羅霸一直來來去去，一開始充滿好奇的表情，很快就顯露失望。她邀請亞歷山大，兩個人跟著猴子進去瞧瞧。

凱特提醒他們：「孩子們，別走遠了。」

她的孫子回答：「我們馬上就回來。」

波羅霸在樹上毫不遲疑地引導他們。當牠從一個枝頭跳過另一個枝頭，娜迪雅和亞歷山大卻極盡艱難的前進，他們需要在濃密的蕨類植物間開出一條路，並祈禱著不要踩到一條響尾蛇或是與金錢豹面對面相遇。

兩個年輕人在植物叢林中邁進，不敢讓波羅霸離開視線片刻。他們認爲自己踩踏的是某一種林間小道，是幾乎不在森林地圖中的小徑，或許是一條古老的通道，以前是動物往河邊飲水必經之路，現在被植物覆蓋住。他們全身從腳到頭爬滿了小蟲子，面對無法將其驅離的可能性，只好屈服於忍受這一切，不敢多想那一連串小蟲傳輸的疾病，從瘧疾到致命的昏睡症。昏睡症是采采蠅造成的，牠們會使受害者陷入昏沉沉的睡眠，直到在夢魘的迷宮中被死神擄獲。有些地方被巨大的蜘蛛網關閉去路，他們需要用手扯破蜘蛛網；有些地方是黏糊糊的淤泥，他們雙腳的一半均陷入爛泥中。

不久，他們辨識出森林內部有持續不斷的嘈雜聲，彷彿人類的悲嘆，他們猛然停下腳步。波羅霸焦慮地跳來跳去，指示他們繼續向前。往前再走幾公尺，他們才看到事情的原委。亞歷山大走在前面開路，險些跌進出現在他腳前的坑洞，那是一個凹槽，啼哭聲來自一團黑色身形的物體，牠躺臥在坑裡，第一眼看似隻大狗。

「這是什麼東西？」亞歷山大回頭低語，不敢提高聲量。

波羅霸的尖叫聲逐漸加強，坑洞裡的生物移動身體，於是他們才恍然悟出是一隻猴子，牠被一張網裹住，全身不能動彈。動物一抬起眼看見他們，便露出牙齒，放聲狂吼。

娜迪雅說：「是隻大猩猩，牠無法脫身……」

「這好像是個陷阱。」

娜迪雅提議：「必須救牠出來。」

「什麼？牠會咬我們耶……」

娜迪雅彎下身直到動物被縛的高度，開始說話，好似對波羅霸所做的一樣。

亞歷山大問她：「妳對牠說什麼？」

「不知道牠懂不懂，神豹，不是所有的猴子都說相同的語言。在大象遠征隊的時候，我可以跟黑猩猩溝通，但是不能跟狒狒溝通。」

「天鷹，那些狒狒都是些沒良心的。即使能聽得懂妳說的話，牠們也不會理妳的。」

「我不懂大猩猩的語言，但是我猜想可能和其他猴子的語言很相近。」

「告訴牠稍安勿躁，我們看看是不是可以拆下網子。」

漸漸地娜迪雅的聲音安撫了被囚禁的動物，不過一旦他們企圖接近，牠又會露出牙齒並咆叫著。

亞歷山大指出：「牠還有個寶寶。」

猩猩寶寶長得很小，應該只有幾個星期大，牠絕望地跟著粗壯多毛的媽媽。

娜迪雅說：「我們去找幫助，我們必須砍斷網子。」

他們在環境許可的狀況下以最快的速度回到河灘，告訴其他人所見所聞。

「那個動物可能攻擊你們，雖然大猩猩愛好和平，但一個母猩猩跟寶寶在一起，總是危險的。」費爾南多教士提醒他們。

不管如何，娜迪雅手裡已經拿起一把小刀佩在身上，立刻出發，其他成員尾隨在後。約耳・

岡薩雷茲幾乎不能相信他的好運氣：在發生許多不幸事件之後，他將要去拍攝一隻黑猩猩，費爾南多教士以他的砍刀和一根長棍爲武器，安琪攜帶左輪手槍和來福步槍。波羅霸直接將他們領往大猩猩所在的陷阱，大猩猩看到周圍環顧著人類的面孔，開始瘋狂震怒了起來。

安琪觀察說：「這時候密契爾・穆撒哈的麻醉劑正好派上用場。」

娜迪雅建議說：「牠非常害怕，我試圖接近看看，您們等在後面。」

其他人回頭數公尺，蹲下藏身在蕨類植物之間，娜迪雅和亞歷山大一厘米一厘米地靠近，偶爾停下來等待。爲了安撫可憐的被縛動物，娜迪雅持續著冗長獨白的聲音。如此這般過了好幾分鐘，直到叫聲停止。

「神豹，你看上面。」娜迪雅附在好友耳邊輕聲地說。

亞歷山大抬起眼睛，看到樹梢上露出一張黑色閃亮的臉孔，雙眼距離非常接近，鼻子扁平，正全心地注視他們。

「是另一隻大猩猩，比前一隻大好多好多！」亞歷山大也啞著聲音回答。

娜迪雅勸告他：「不要用眼睛看牠，對牠們而言，這是一種威脅，會激怒牠們。」

其他的成員也都看見了，不過沒有人移動。約耳・岡薩雷茲的雙手因拍攝的興奮而顫抖，凱特用凌厲的目光勸阻他。很少機會能在這麼短的距離與那些巨大的猴類同在，稍有一個錯誤的動作都會破壞此景象。半小時過後什麼事也沒發生，樹上的大猩猩保持冷靜的觀察姿勢，畏縮在網子下面的軀體也保持沉默，只有牠激動的呼吸聲和抱緊寶寶的樣子，顯露出牠的焦慮不安。

娜迪雅開始向陷阱爬行，恐懼的母獸從地面凝視她，而公獸從空中觀察她。亞歷山大嘴上叼著小刀跟在後面，模糊地感覺到自己的行動相當突兀，彷彿是泰山的電影情節。娜迪雅伸長手去觸摸網子下的動物時，另一隻大猩猩所在的樹枝開始晃動起來。「如果膽敢攻擊我的孫子，我就當場給牠好看。」凱特跟安琪暗示，但安琪沒有回應。雖然與動物相距只有一公尺，她卻害怕沒辦法擊中：左輪手槍在她手上發抖。

隨著兩個年輕人的移動，母獸一直處於警戒狀態，但是看起來平和許多，似乎聽懂了娜迪雅一再重複的解釋，知道這些人類不同於設陷阱的那些人。

「冷靜、冷靜，我們就要釋放你了！」娜迪雅像是連聲祈禱的低語著。

終於女孩的手摸到大猩猩的黑毛，大猩猩懼怕當下的接觸，又露出牠的牙齒。娜迪雅不再向下伸出她的手，大猩猩便漸漸恢復平靜。一收到娜迪雅的訊號，亞歷山大開始不急不緩地爬向前去會合。爲了不驚嚇母獸，亞歷山大也用極慢的速度撫摸牠的背脊，直到牠熟悉他的存在。亞歷山大從肺部深深吐了一口氣，摩挲戴在胸前的護身符藉以獲得勇氣，好將小刀握在手上，割斷繩索。一看金屬刀刃貼近皮膚，母獸的反射動作是將身體縮成球狀，好讓身體可以保護牠的寶寶。當牠感覺小刀磨蹭牠的背部、網子在身上拉扯時，娜迪雅的聲音從遠處傳來，滲入牠恐懼的內心，使牠平靜，割斷繩索這檔事所花的時間比預期的還長，最終亞歷山大還是打開了一條細縫，釋放被囚者。他對娜迪雅發出一個訊號，兩個人同時後退了幾步。

女孩下命令：「出來吧，你可以離開了！」

費爾南多教士緩緩地匍匐向前，遞給亞歷山大一根棒子，亞歷山大用它輕輕戳刺在網下蜷縮一團的身體。這招見效，大猩猩抬起頭來，聞一聞空氣，小心地觀察牠的四周，試著一點一點地檢驗可否移動，於是伸長身子離開網子。娜迪雅和亞歷山大看著牠站起來，胸中抱著牠的寶寶，他們必須遮住嘴巴以免因為興奮而叫出聲音。他們屏氣凝神，一動也不動。大猩猩用一隻手將寶寶抱在胸前，然後彎下身用專注的表情看著兩個年輕人。

亞歷山大發抖著，他明白自己跟這隻動物距離得多近啊！他感覺到牠身體的熱氣，一張多皺紋的黑臉出現在他面前，只有一公分的距離。他闔上雙眼，汗水直流。再度睜開雙眼時，赫然看到一張粉紅色的嘴和滿口的黃牙，他的鏡片模糊不清，卻不敢伸手擦拭。大猩猩的氣息充滿他整個鼻子，是一種初割牧草的清新氣味。突然猩猩寶寶的小手好奇地抓住他的頭髮，還用力拉扯。亞歷山大滿心歡喜，伸出一根指頭，寶寶的小手馬上緊緊握住，如同一般初生嬰兒做的動作。但是作母親的不喜歡這種信任的表示，推了亞歷山大一把，讓他撲倒在地，不過沒有使出很大的力氣。牠發出強調聲韻的嘟囔，一如有人提問的聲調，牠兩步就跳開遠去，奔向公獸所在的樹上，兩者在枝葉間頓然消失蹤影。娜迪雅幫她的朋友撐起上半身。

亞歷山大興奮地又叫又跳：「您們看到了嗎？牠摸我耶！」

費爾南多教士肯定地說：「幹得好，小伙子們。」

「誰設下了陷阱？」娜迪雅邊問，邊想起陷阱的繩索和河灘上的繩子是同一種材質。

第五章　被詛咒的森林

回到營地，大家正對新近的冒險議論紛紛時，約耳・岡薩雷茲意外發現一根竹製的釣魚竿和捲曲的金屬線，它們被置放在岸邊，等待捕獲一些可食之物。費爾南多教士同意娜迪雅的理論：看來有人來救他們的希望很大，因為從網子的發現，點出這裡有人類的存在，獵人會不定時回來尋找他們的戰利品。

「為什麼要獵捕大猩猩？大猩猩的肉又不好吃，皮又很醜。」亞歷山大想要知道原因。

宣教士解說：「如果沒有其他的食物可吃，大猩猩的肉是勉強可入口的。牠們的內臟器官被用來施行巫術，牠們的皮和頭骨可以做面具，牠們的手被製成菸灰缸以後可以賣錢。觀光客非常喜愛。」

「真恐怖！」

「在盧安達的修會，我們養了一隻兩歲的大猩猩，那是我們唯一可以救出的。獵人通常殺死母猩猩，留下我們可憐的寶寶。牠們是被遺棄的，非常敏感，如果沒有死於飢餓，也會死於悲傷。」

亞歷山大問：「說到飢餓，你們不餓嗎？」

安琪暗示說：「好端端放著烏龜讓牠逃走，真是最差勁的想法，不然，我們就有豪華的晚宴了。」

剛剛主張那件事的人都靜默不語。安琪說的有道理，處於如此的環境，感情用事是不會帶來飽足的，最要緊的是讓大家能夠倖免於死亡。

凱特問：「飛機的無線電情況如何？」

安琪回答：「我傳送了許多求援的訊息，不過我不認爲收得到，我們距離太遠了。我還會繼續試著跟密契爾・穆撒哈聯絡，我承諾他每天打兩次電話。我確信如果他沒收到我們的消息，一定會感到奇怪。」

凱特安慰大家：「時候到了，一定會有人伸出援手，一定會有人來找尋我們的。」

安琪遲緩地說：「我們已經走投無路了，我的飛機四分五裂，我們在這裡迷失方向，大家幾乎快餓扁了。」

費爾南多教士回答：「可是女人，您很悲觀耶！天主讓我們陷於困境，但不會讓我們陷於絕境，您將會看到我們沒有任何缺乏。」

安琪抓起宣教士的胳臂，將他從地面上拉起幾公分，方便兩個人眼對眼，近距離看清楚。她怒火中燒地叫道：「如果你曾經在意我的話，我們就不會是這樣一團糟了。」

凱特插話解圍說：「來這裡，是我做的決定，安琪。」團體的成員散開在河灘四處，每個人有每個人的憂慮。須臾，藉著亞歷山大和娜迪雅的幫忙，安琪終於拆下了螺旋槳，經過仔細的檢查，她確認了原先的懷疑：就她能力所及的方法，是不可能修好的。

約耳・岡薩雷茲不相信有什麼東西在咬他那簡陋的魚餌，所以他察覺拉扯鐵環的力量時，驚訝得差點失手讓釣竿滑走。其他人圍過來幫助他，經過好一陣子的拉扯，終於從水裡拉出一條體積不小的鯉魚。這條魚臨死還拚命掙扎，在沙地上拍打尾巴良久，這段時間對娜迪雅而言，像是永無休止的暴風雨，因爲她無法看著動物受苦。

費爾南多教士安慰她：「小女孩，這就是自然界，有些生物死亡是爲了其他生物可以生存。」他不想多說天主賜給他們鯉魚的話，以免再次挑釁安琪・林德瑞拉，雖然他心裡正是這樣想。他們將魚清洗乾淨，用葉子包住，放進火裡烤，那是他們從未嘗過的新鮮美味。稍後，河灘又進入了酷熱如地獄的時刻。他們隨手拿了根木棍支撐帆布作爲遮蔭，並在陰影底下休息，猴群和出來曬太陽的綠色蜥蜴則一直在旁觀察他們。

帆布的陰影一直不夠穩定，睡在底下的成員們汗水直流，此時，從河灘另一端的森林裡，突然出現了一場真正的風暴，只見沙雲揚起，看起來來勢洶洶的樣子，大家原先都猜想是一隻犀牛，轉眼間發現是一隻豎滿捲曲長毛和長有威脅性獠牙的野豬。這頭野獸胡亂地猛烈攻擊營地，不給他們機會拿起午休時放在身邊的武器。當他們受到襲擊時，幾乎沒有時間分散開來，且被支撐帆布的木棍壓倒在地上。野豬喘著氣瞪著惡毒的雙眼，透過坍塌的帳棚注視他們。

安琪・林德瑞拉跑去找她的來福長槍，她的動作吸引了這隻動物的注意，牠準備再一次攻擊。野豬用前腳蹄刨起河灘的沙子，低下頭朝安琪的方向衝過去，她魁梧的身型是完美的目標。

就在安琪即將落入不可避免的不幸結局，費爾南多教士插身在她和野豬之間，在空中揮動一片帆布。野獸猛地停下肥胖的身軀，轉了半個身子，然後向費爾南多教士衝撞，撞擊臨身的瞬間，宣教士以優雅如舞者的身姿閃避一旁，野豬抓準距離，憤怒地回身一衝，再次纏身於擺動的帆布，卻未能碰到這男人。此時，安琪已握起了來福步槍，但她不敢掃射，因爲野豬在費爾南多教士四周打轉，兩者如此地靠近，讓人混淆不清他們的真正位置。

此時，大家才發覺到宣教士呈現的是最傳統的鬥牛競技。宣教士拿起帆布當成斗篷，挑釁眼前的動物，口中高喊地慫恿：「加油，鬥牛！」誘騙牠、遏阻牠、使牠瘋狂。不一會兒牠就筋疲力竭、口吐白沫，四肢發顫地瀕臨崩潰邊緣。男人於是轉過他的背脊，以鬥牛士高傲的姿態，拖曳斗篷走遠了幾步，此時野豬盡力用四肢站穩身子。安琪利用這個時刻，在牠的頭上開了致命的兩槍。眾人的鼓掌和吹噓聲響起，他們向費爾南多教士大膽的英雄行徑喝采。

費爾南多教士開心地叫嚷：「真是大快我心啊！有三十五年沒有鬥牛囉！」

自他們認識以來，他第一次露出笑臉，告訴大家他年輕時的夢想是追隨父親的腳步，成爲一名聞名遐邇的鬥牛士，但是天主對他有不一樣的計畫，一群碩壯的鬥牛使他幾乎變成瞎子，他無法繼續鬥牛的事業，當他自問接下來將以何維生時，透過村裡的教區神父獲知神父來自的教堂正在招募到非洲的宣教士。他當時獲得加入宣教的呼召，只是因爲不能繼續鬥牛而懷憂喪志，然而，很快地他就發現天主呼召他。成爲宣教士需要跟成爲鬥牛士有一樣的特點：抗拒困境的勇敢、耐力和信心。

費爾南多教士下了結論：「鬥牛是容易的，服事上主複雜許多。」

「由你向我們展現的行動證明來評斷，似乎兩件工作的任一項都不需要好眼力。」安琪感激的說，因爲他救了她一命。

費爾南多教士說：「現在我們有好幾天的肉可吃，肉必須全部煮起來，這樣可以放比較久。」

凱特問約耳・岡薩雷茲：「你拍下鬥牛的情節了嗎？」

攝影師不得不承認，在那人心激動的時刻，他完全忘記自己的任務。

「我有拍下來。」亞歷山大邊說，邊揮擺那架隨身攜帶的小型自動相機。

結果唯一可以割下野豬獠牙和取出內臟的人還是費爾南多教士，他曾在他的村莊見過很多次宰豬的活計。他脫下襯衫，開始動手工作，由於沒有適當的刀子可用，致使宰豬的工作進行遲緩，也弄髒了環境。他工作時，亞歷山大和約耳・岡薩雷茲在一旁舞動著木棍，嚇阻在他們頭上飛繞盤旋的禿鷹。一個小時之後，野豬肉已經宰好可供利用。他們將其餘不用的部分倒進河裡，避免蒼蠅和肉食動物靠近，無疑地牠們是會被鮮血的味道吸引而至。宣教士用小刀取下野豬的獠牙，用沙子清洗後，交給亞歷山大和娜迪雅。

他說：「留給你們回美國作紀念。」

安琪補上一句話：「如果我們可以活著離開這裡。」

整個大半夜滂沱大雨時下時停，要維持營火實在很困難。他們用一塊帆布遮蔽擋雨，但是火苗還是常常熄滅，最後只能任其滅盡。輪到安琪守夜時，發生了當晚僅有的一場意外，事發後，她覺得就像是經歷了「一次奇蹟的逃生」。由於在河邊捕獲不到獵物，一隻失望的鱷魚放膽靠近從炭火和煤油燈發出的微弱亮光，安琪蹲伏在一塊塑膠布下面以免淋濕，她沒聽見任何聲音。等到她察覺鱷魚的存在，距離已經近到能夠看到牠張開的咽喉，就在腳前不到一公尺處。片刻間，她內心閃現班黑斯嬤嬤提出的預兆，那是在市集聽到的預言，她相信此刻已是她人生的盡頭，她提不起勁使用躺在她身旁的步槍，直到人類的本能和驚恐使她向後跳了出來，並且發出恐怖的嘶喊，這一聲幾乎吵醒所有的朋友。鱷魚遲疑了幾秒鐘，馬上又再度攻擊。安琪放腿快跑，絆倒後趴跌在地，她滾向另一邊好躲避鱷魚。

第一個聽到安琪叫聲的是亞歷山大，他正準備離開睡袋，接手夜間守衛的輪班。當下他不多加思索便舉起手上第一個拿到的東西，用盡全力瞄準擊打野獸的嘴巴。男孩尖叫之聲大過安琪，他盲目地拳打腳踢，但有一半的拳腳沒有打在鱷魚的身上。一會兒其他人也加入救援的行列，安琪慢慢從驚嚇中回過神來，開始慌亂的射擊。有兩顆子彈打中目標，但是子彈穿不透粗糙的鱷魚皮。最後，喧鬧聲和亞歷山大的拳頭讓鱷魚放棄牠的晚餐，憤怒地甩甩尾巴朝河流的方向離去。

「原來是隻鱷魚啊！」亞歷山大結巴和發抖地大叫，不能相信他剛剛跟這隻怪獸大戰了一場。

「孩子，過來這裡，我要吻你一下，感謝你救了我的命。」安琪叫他過來，用大胸脯緊緊壓住他。

安琪神經緊張地又笑又哭，抱著他連連給予響亮的親吻，亞歷山大感覺到胸骨折裂般地嘎吱作響，混合恐懼和梔子花香水的味道讓他喘不過氣。

約耳・岡薩雷茲靠近檢查亞歷山大剛剛使用的武器。

他大叫：「是我的相機。」

的確是。黑色皮革的盒子已經損壞，幸好這個笨重的德國機種，耐得住與鱷魚猛烈的相遇，機身並沒有明顯的傷痕。

「對不起，下次我會用我自己的。」亞歷山大說著，又從口袋拿出他那個嬌小的相機。

白天雨停之後，他們趁機趕快洗衣服，洗衣皂具有強烈的殺菌力，是安琪裝在她的行李一起帶來的，接著大家將衣服晾在太陽底下曬乾。早餐他們吃烤肉、餅乾和茶，他們開始設計一條木筏，樣式就如同第一天亞歷山大所建議的一般，可以浮在水面上，往下流到最近的村落。這時候，沿著河流出現了兩艘獨木舟，正往他們靠近。寬慰和喜悅一觸即發，所有人邊跑邊興高呆烈地叫喊，彷彿一群海難的遇難者。一看到他們，獨木舟在某個距離停下來，舟上船員開始有意往相反方向划遠，每艘獨木舟有兩個男人，他們都身穿短褲和汗衫。安琪用英語和所有她記得的其他語言大聲地向他們打招呼，請求他們划回來，如果對方願意協助他們，他們準備付錢。那些男人彼此商議了一會兒，好奇和貪婪心最終獲勝，他們開始划槳，小心謹慎地靠近岸邊。他們檢視這些成員，有一個粗壯結實的女人、一個奇怪的老奶奶、兩個青少年、一個戴厚鏡片的瘦子，和另一個看似無憂無慮的男人，這組人馬確實是非常荒唐可笑。儘管發現那個壯女人的手上有武器，一旦他們相信這些人不具危險性，便比手劃腳地打起招呼，並停船上岸。

新來者介紹自己是漁夫，來自往南幾海里的村莊，他們強壯結實、有著幾近方形的臉，皮膚非常黝黑，隨身攜帶砍刀。據費爾南多教士的判斷，他們隸屬班度族。

由於過去曾被法國殖民，那一區的第二語言是法文。凱特‧寇德的法文還說得過去，這讓她的孫子大吃一驚，於是凱特試著用一些句子跟漁夫交流。費爾南多教士和安琪通曉多種非洲的語言，一旦無法用法文表達時，就用這些非洲語言溝通。他們解釋意外的來龍去脈，指出受損的飛機和請求幫助他們離開。那些班度人喝著他們提供的溫啤酒，吞嚥幾塊野豬肉，但是直到商訂出一個價碼，他們的態度才稍微軟化。安琪分菸給他們抽，香菸有鬆弛緊張的效用。

與此同時，亞歷山大朝獨木舟看了一眼，裡面並沒有任何捕魚的器具，他認為他們有欺瞞的嫌疑，不足以信任，團隊的其他成員也很不安心。

當這群獨木舟的男人吃著、喝著和抽著菸時，團隊的成員退到一邊討論整個情勢。安琪勸告大家別大意，因爲他們會爲了行搶而殺人，費爾南多教士卻執意相信是上天差派他們來幫助他的修會。

他說：「這些人可以載我們到上游的恩高背，就地圖來看……」

「你搞什麼！」安琪打斷他的話：「我們將往南走，到這些人的村落去，那裡應該會有一些交通工具。我必須找到另一副螺旋槳，然後回頭找我的飛機。」

費爾南多教士又說：「我們現在離恩高背非常近，我不能拋棄我的弟兄，誰知道他們正在怎樣的貧困中受苦呢！」

女機師反駁：「您不覺得我們已經有相當多的麻煩嗎？」

費爾南多教士高喊：「您一點都不尊重宣教士的使命！」

女機師應答說：「難道您就尊重非洲的宗教嗎？爲什麼強迫我接受您的信仰？」

凱特催促他們：「冷靜一下！我們還有更緊急的事情有待解決。」

費爾南多教士提議：「我建議大家分開行動，想要跟您的人，往南走；想要跟隨我的，可以搭另一條獨木舟往恩高背去。」

凱特插話進來：「想都別想！大家在一起比較有保障。」

亞歷山大建議：「爲什麼我們不投票表決呢？」

宣教士仲裁：「年輕人，因爲這情形不適用民主程序。」

「那麼我們就讓上帝來決定，」亞歷山大說：「如何？」

「我們往空中擲一塊銅板：如果是人頭，我們朝南走；如果是圖案，我們朝北走。這樣一切都操之在天主的手中或者說操之在命運，隨便你們喜歡怎麼說。」亞歷山大邊解釋邊從口袋拿出一枚銅板。

安琪・林德瑞拉和費爾南多教士遲疑了幾秒鐘，接著開懷大笑，他們覺得這個點子有令人難以抗拒的幽默。

兩人齊聲高喊：「同意。」

其他的人也贊同。亞歷山大把銅板傳給娜迪雅，讓她投擲到空中，全團的人屏氣凝神直到銅板掉到沙地。

費爾南多教士發出勝利的叫嚷：「圖案！我們往北！」

安琪怒氣沖沖地說：「先生，我只給您總共三天的時間，如果這段期間沒有找到您的朋友，我們就折返，懂嗎？」

「五天。」

「四天。」

費爾南多教士勉強同意：「好吧！就四天，一分鐘都不能少。」

要說服那些假冒的漁夫載他們到地圖所指之地，結果比他們預期地還更複雜。他們解釋說，如果沒有高頌果國王的許可證，沒有人敢冒險到那一帶，國王對外國人是很不友善的。

凱特說：「國王？這個國家沒有國王，只有總統和國會，一般人都猜想是民主……」

安琪設法跟他們釐清觀念說，非洲某些宗派和族群，除了國家政府以外，他們還有國王，甚至有些是女王，國王或女王的角色有比政治性還強的象徵意義，就像是現今歐洲仍然存在的一些王室一樣。

費爾南多教士說：「宣教士呈遞申請信給如高頌果這樣的國王，但是申請信內容比較像是給指揮官墨利斯・門班貝列看的，似乎軍隊握有實權。」

安琪抒發己見：「或許您指的不是相同的村落。」

「不用懷疑就是同一個村落。」

安琪斷言：「把我們送進大野狼的嘴巴，我不覺得是明智之舉。」

凱特說：「但是我們得查清楚，到底那些宣教士都怎麼了？」

亞歷山大問道：「費爾南多教士你如何知道哪些關於高頌果的事呢？」

「不是很多。高頌果似乎是篡位者，靠著指揮官墨利斯・門班貝列幫他登上王位。之前有過一個女王，但已失蹤了，好多年都沒有人再見過她，有人猜想她可能被殺了。」

亞歷山大執意問下去：「那麼那些宣教士是怎麼形容門班貝列的呢？」

費爾南多教士解釋道：「門班貝列從前在法國讀過兩、三年書，因爲跟警察發生衝突，被法國政府驅逐出境。」

他補充說，墨利斯•門班貝列回到自己的國家後就加入軍隊，但是他那不服管束和急躁的性格，又給他製造了問題，他被控有計畫地策動謀殺數名學生和放火燒屋。爲了不因醜聞登上報刊雜誌，他的長官隱藏了事情的真相，他們除去他的頭銜，將他下放到地圖上找不到的地方，他們期待沼澤地的野獸和蚊蟲的叮咬可以治療他的壞脾氣，或者結束他的生命。門班貝列和一小群對他忠心耿耿的部下，在那裡的濃密叢林失去了蹤影，不久之後，他又再度出現在恩高背。根據宣教士在他們信中的描述，門班貝列的駐軍在村落，可以從該地遙控整個國家。他是暴虐的人，會對村民施以最殘忍的刑罰。他們說，甚至他還不止一次吞食受害者的肝臟或是心臟。

凱特加以澄清：「這是食人族的儀式，傳說這樣可以獲取戰敗敵人的勇氣和力量。」

安琪又說：「聽說烏干達的獨裁者阿敏，有將他的行政官員放在爐上烘烤當作晚餐的習慣。」

凱特解釋道：「食人族不是像我們以爲的這樣奇怪，多年前，我曾在婆羅洲見過。」

亞歷山大問：「凱特你真的有參加食人族的活動嗎？」

他的奶奶回答他：「這事發生在我爲婆羅洲寫一篇報導的時候，孩子，我沒有看到他們怎麼烹煮人，如果你指的是這檔事，但這是我從第一手資料知道的。爲了謹慎起見，我都吃菜豆罐頭。」

亞歷山大感到噁心，下結論說：「我想我還是當個素食主義者好了。」

費爾南多教士告訴他們，指揮官門班貝列並不看好在他領土內擔任宣教士的天主教徒，他確信他們不能待很長的時間，不是死於一些熱帶疾病，或是適時出現的意外，他們也會被疲倦和挫折擊垮。他允許他們建立一間小學校和一間免費的醫療站，醫療站裡有他們帶來的藥劑，但是不授權小孩子參加課程，也不同意病人接近醫療站，雖然教士們決定給婦女傳授衛生知識，但還是被禁止。他們遺世而獨居，生活在持續不斷的威脅下，由國王和指揮官反覆不定的態度所擺布。

藉由宣教士所能寄出的少量消息，費爾南多教士質疑高頌果和門班貝列在他們的驚悚王國進行非法斂財，那個地區有豐富的鑽石和寶石，此外還有鈾礦沒有開採。

凱特問：「關於這方面都沒有任何官方人士採取行動嗎？」

費爾南多教士反詰：「女士，您認爲您是在哪裡呢？看來您是不知道這裡的事情是怎樣運作的。」

班度人收到一定數量的錢、啤酒和香菸，外加兩把小刀後，接受了將他們送往高頌果領土的想法。其他的物資被裝進包包，在包包底層藏了酒和香菸，這些可是比錢還貴重，它們可以用來支付服務費與行賄之用。沙丁魚和桃子汁罐頭、火柴、糖、奶粉和肥皂，也一樣非常珍貴。

凱特・寇德發起牢騷：「沒有人可以動我的伏特加。」

「最需要的是抗生素、防瘧疾藥片和抗毒蛇咬傷的血清。」安琪說著，把飛機上的急救箱帶上了船，藥箱裡面還有密契爾・穆撒哈給的一玻璃瓶裝的麻醉劑樣本。

班度人飲酒高歌直到深夜，之後他們將獨木舟翻過來，用一根木棍撐起來當成屋頂，然後就躺進去休息。顯然他們既不害怕這些白人也不怕動物，反而是其他人感覺沒有安全感，他們握緊武器和旅行袋，不敢稍有闔眼地監視那些張開雙腿大睡的假漁夫。五點過後不久，天漸漸亮了，大地被一層神秘的薄紗籠罩，彷彿一幅精緻的水彩畫。正當這些倦怠不堪的外國人正在整理出發的行囊，班度人卻奔跑在沙地上踢著破布做成的球，展開一場精力充沛的足球賽。

費爾南多教士建造了一個小聖壇，上面裝飾了兩根棍子做成的十字架，開始在壇前祈禱。班度人因爲好奇靠近前來，其他人則是基於禮貌靠過來，但是儀式的莊嚴肅穆感動了所有的人，包括凱特在內，雖然在她旅行之地，已經看過各式各樣的儀典，但都不曾如眼前情景令她印象深刻。

他們登上了窄小的獨木舟，儘量照乘客和行李的重量分配妥當的座位，真的帶不走的物品就留在飛機裡。

安琪拍了拍她的超級飛鷹以示告別，她說：「希望我們不在時沒有人來。」那是這一帶唯一的飛行工具，即便是一顆小螺絲釘，她都擔心被偷。她在腦海深處告訴自己：「四天不是很長的時間」，但她的心是沮喪的、充滿不幸的預感，在熱帶叢林的四天，也可以是一個永恆。

早晨八點左右出發，他們在獨木舟上用帆布搭起棚子好用來遮陽，他們航行到河流的一半時，烈日就已經在他們頭頂上灼燒了。這群外國人苦受著口渴燥熱，以及蜜蜂和蒼蠅的糾纏，班度人卻毫不費力地搖著槳，彼此靠說笑話和喝塑膠瓶裝的棕櫚酒來加油打氣。棕櫚酒是以最簡單的方式獲得，只要以棕櫚樹幹為基座，在其上切割一個V字形的開口並將一個南瓜置放下方，等它灌滿了樹幹的汁液，然後讓其發酵，就大功告成了。

一路上，空中有飛鳥的喧鬧，水裡有多種魚類的歡慶；他們看到了河馬，或許就是在第一個晚上他們在河邊遇見的河馬家庭；他們還看到兩種鱷魚，一種是灰色的，另一種體型較小，呈咖啡色。安琪安全地在獨木舟內，便利用機會好好咒罵了鱷魚一頓。班度人想要用套索捕抓其中最大的一隻，因為鱷魚皮可以賣到很好的價錢，但安琪開始歇斯底里，其他人也不願意和動物分享這麼窄小的空間，就算他們把牠的四肢和長嘴綁住，他們還是看得到那兩列重新張開的牙齒和感受到尾巴的威力。

一頭不知品種的黑蛇穿梭，擦拂過其中一條獨木舟，頃刻間突然膨脹，轉化成一隻有白色條紋翅膀和黑色尾巴的小鳥，漸次飛升上空，最後隱沒在森林裡。稍晚，一片黑影飛過他們頭頂，娜迪雅發出識別的尖叫，原來是一隻有鳥冠的老鷹。安琪述說自己曾經看過一隻這種老鷹，正用牠的爪子抓起一隻羚羊。白睡蓮漂浮在肥厚巨大的葉片之間，形成一個個小島，他們必須小心閃躲，以免小舟被白睡蓮的根莖絆住。沿著河兩岸生長的植物濃密，密密攀爬著蕨、藤和植物的根和枝幹。間或，他們也會在大自然的綠色制服上看到其他色彩的點綴，比如紫色、紅色、黃色和粉紅色的蘭花。

白天大半的時間都在向北航行。划槳人毫無倦態，他們的動作頻率一致，即使最熱的正午，其他人都昏昏欲睡時，他們仍保持一樣的律動。大家沒有停船用餐，只是吃著餅乾、喝包裝水和一把糖，就很滿足了。娜迪雅想要吃沙丁魚，然而沙丁魚獨有的腥味倒是讓大家反胃。

大約午後半晌，日頭依舊高掛、熱氣已有稍減之際，一個班度人指向河岸。所有的獨木舟都停了下來。河流到此分成兩條，手臂般粗的支流繼續向北蔓延，窄瘦的渠道插入濃密的植物叢，向左流去。他們看到渠道入口的地面上，立著彷彿要趕鳥的稻草人，這尊雕像是木製品，有如真人的大小，身著酒椰纖維、羽毛和皮製的布條，頭是大猩猩的頭，張開的嘴巴像是發出嚇人的吼叫；眼窩處鑲嵌兩顆石頭。木頭人的身軀插滿釘子，頭上戴著歪七扭八的腳踏車輪當帽子，在車輪上掛著解剖的骨頭和手，或許都是猴子的，周圍還環繞著數個一樣恐怖的木偶和動物的頭顱。

「都是施妖術的撒旦木偶啊！」費爾南多教士叫出聲來，並在身上畫出十字架的記號。

凱特用嘲諷的語氣回答他：「只是比天主教教堂裡的聖人雕像要醜一點罷了。」

約耳．岡薩雷茲和亞歷山大拿起照相機對準焦距。

班度人顫抖地聲明船就划行到此，不再前進，不管凱特用更多的錢和香菸籠絡，他們都拒絕繼續向前。他們說那個陰森的骷髏祭壇，標示了高頌果領土的邊界，從這裡往裡頭走，就是他的統轄區，沒有他的許可沒有人可以越過雷池一步。他們又補充說，跟隨森林裡的足跡，天黑以前就可以到達村落，他們還說路不會很遠，只要再走一或兩個小時，但是大家必須跟從有標記的樹引導，所謂的標記是用小刀削出的切口。划槳人將簡便的小船靠岸，還未等到指示就把行李抛出扔向地面。

凱特付給他們一部分的錢，透過她不流利的法文和費爾南多教士的幫忙終於順利達成溝通，她要他們必須在四天後回到原地來接他們，到時候，他們會拿到原先承諾給付的餘款，還會有香菸和桃子汁罐頭的獎勵。班度人露出虛偽的笑容接受條件，然後回過身跌跌撞撞地爬進了獨木舟，彷若有惡魔跟在他們後頭似的。

凱特下評論：「多麼古怪的傢伙啊！」

安琪憂心忡忡地說：「我怕我們將不會再見到他們。」

「天色變暗以前，我們最好趕快動身。」費爾南多教士邊說，邊把背包架上背脊，手上提起兩個旅行袋。

第六章　矮人

班度人告訴他們所謂的腳印，現在幾乎已無法辨識，泥土路面其實是散布植物根莖的泥沼，步行其上雙腳偶爾會陷進軟軟一團像乳脂的昆蟲、水蛭和毛毛蟲身上。幾隻狗般大小的肥老鼠在他們腳下流竄，幸運的是他們都穿了長達膝蓋的靴子，至少可以保護他們免受毒蛇的侵襲。當地的氣候非常潮濕，亞歷山大和凱特選擇摘下沾滿水氣的眼鏡，不過費爾南多教士沒有眼鏡就幾乎看不到，因此每隔五分鐘就得擦一次鏡片的霧氣。在那一片茂密的植物林區，很難找到有砍刀刻痕的樹木。

亞歷山大不只一次證實熱帶氣候會使元氣耗竭，並從心裡萌生出一種沉重的淡漠。他想念雪山純淨的冷冽和生命力，那是他以往和父親攀爬的山，他是多麼喜愛爬雪山。他想如果自己被壓得喘不過氣，奶奶也應該瀕臨心臟病發的邊緣，但凱特幾乎不發一句怨言。女作家還沒準備好放棄征服老邁。她說這些年來注意到自己的背駝了，還會不自覺地發出噪音，像是咳嗽、清嗓子、骨頭咯吱作響和嘆氣。正因爲如此，她有意識地挺直走路，不發出怪聲。

直到猴子從樹上對他們扔擲物品之前，他們幾乎是摸索前進。這群朋友對繼續前行的方向只有模糊的想法，但是他們不懷疑離村莊所剩下的距離，更不疑慮等著迎接他們的會是什麼。

他們步行超過一個小時，卻只前進一點點，在泥濘地上行走是不可能加快腳步的，他們必須通過好幾個水深及腰的沼澤。安琪・林德瑞拉在其中一個沼澤踩了空，她大叫一聲知道自己陷入流動的泥沼，她用盡所有力氣脫身，結果都是白費功夫。費爾南多教士和約耳・岡薩雷茲緊抓來福步槍的一端，讓她兩手握緊另一端，如此這般才將她拉至一般的地面。安琪在掙扎的過程中，鬆脫了隨身攜帶的行李。

「我失去了我的包包！」安琪一看到行李箱沉入爛泥，不可挽救，就大叫了起來。

費爾南多教士說：「不要緊的，小姐，至少我們把妳拉出來了。」

「誰說不要緊？那裡有我的香菸和唇膏呢！」

凱特倒是鬆了一口氣，至少她不會再聞到安琪美妙的菸草味，這誘惑實在太強烈了。他們利用一個水窪，稍微清洗了一下，但還是只能聽任一些泥巴流進靴子內。此外，他們有種不安的感覺，總覺得有人從密林中監視。

「我認為有人跟蹤我們。」凱特終於說出來，她受不了再忍一些片刻的壓力。

他們環顧四周，拿起已經數量減少的武器，諸如安琪的左輪手槍和來福步槍、一把短刀和一雙小刀。

「願天主保佑。」費爾南多教士輕聲低語，這是一句一次比一次更常脫口而出的禱詞。

幾分鐘不到，從密林間，有幾個體形小到如孩童般的人影慢慢現形，最高的那位體長不到一百五十公分。他們的皮膚是帶黃的咖啡色，雙腳短，手臂和身軀同長，兩眼距離分隔很遠，鼻子扁平，頭髮捲曲成土丘狀。

「應該是有名的森林矮人。」安琪邊說，邊用手勢打招呼。

除了遮羞布，他們幾乎衣不蔽體；其中一人穿著一件長及膝蓋以下的破襯衫。他們隨身攜帶的武器是長矛，但不是爲了威脅敵人，而是用來當枴杖。兩個矮人抬著一根棍子，棍子上頭纏繞著網子，娜迪雅發現這個網子與網住大猩猩的一樣，然而鄰近飛機降落的那個陷阱，距離這裡有好幾海里。矮人露出信任的微笑，用幾個簡單的法文字回應安琪的問安，接著吐出一連串的方言對話，卻沒人聽得懂。

費爾南多教士打斷話說：「您們可以帶我們到恩高背嗎？」

矮人叫嚷著：「恩高背？不……不！」

宣教士執意地說：「我們必須去恩高背。」

結果穿襯衫的矮人是最能溝通的一位，因爲他除了會一些零星的法文單字，還能說幾個英文字。他介紹自己是貝爺・多構烏。另一個人用指頭比一比他，然後說他是族裡的杜馬，意思就是最好的獵人。貝爺・多構烏用友善的手推推他的同伴，要他閉口，不過臉部滿足的表情，似乎顯現出他對這個稱謂引以爲傲。其他人呵呵地放聲大笑，不顧顏面地揶揄他。對矮人來說任何一樣虛榮的表情都是很不體面的，貝爺•多構烏羞愧地將頭低到肩頭下。接著他費盡苦心，好不容易才跟凱特解釋清楚，他要他們不要靠近那個村落，因爲那是很危險的地方，而且最好盡可能地快速遠離此地。

他加上恐懼的表情重複說：「高頌果、門班貝列、松貝、士兵……」

當他們跟他聲明不計任何代價都要抵達恩高背，而且四天以後獨木舟才會回來找他們，他顯得非常憂慮，並與同伴討論良久，最後指點一條森林的秘密通道，告訴他們從通道可以返回飛機停放的地方。

娜迪雅觀察著兩個矮人抬著的網子，評論道：「他們應該是在大猩猩跌落處設網的人。」

亞歷山大論斷說：「他們似乎不認同前往恩高背的想法。」

安琪說：「我聽說他們是唯一有能力在沼澤森林生存的人類，他們靠直覺引導，可以在森林任意遊走。在天黑以前，我們最好是跟他們走。」

凱特說：「我們已經到了這裡，就要繼續向恩高背前進，這不就是大家同意要做的事嗎？」

費爾南多教士重複說：「去恩高背。」

對於那個荒誕的想法，矮人用雄辯的手勢表達他們的意見，不過最終還是接受當他們的嚮導。他們將網子擱在樹下，毫不費事地就從外國人身上取下旅行袋和背包，將它揹到自己身上，放腿奔走在蕨類植物之間，其速度之快，讓他們險些跟不上。矮人非常強壯敏捷，每個人的身上都揹了超過三十公斤的東西，但是卻一點兒也不受困擾，他們雙腳雙手的肌肉如同鋼筋水泥。

探險成員上氣不接下氣，疲累和炎熱幾乎使他們昏倒時，矮人卻像鴨子一樣兩腳外張，小步伐地奔跑，一路上沒有減少氣力，也沒有停止講話。

貝爺．多構烏在途中講述著那三個人，就是剛才提到的高頌果國王、門班貝列指揮官和松貝，後者是可怕的巫師。

他跟他們解釋高頌果國王不會用腳著地，因為如果這樣做，大地會因此地動山搖。他說國王的臉是蒙起來的，以免讓人看到他的眼睛，他的雙眼非常有威力，只要一個眼神，打大老遠就能殺死人。高頌果不會向任何人說話，因為他的聲音像打雷，會讓人耳聾，讓動物恐懼顫抖。國王通過皇家發言人傳話，皇家發言人是王室裡的人，受過特殊訓練，可以忍受國王聲音的威力。他的工作還包括試吃食物，這是為了避免國王食物中毒或是被通過食物施行的黑魔法所傷。他警告大家要將頭部隨時保持低於國王的位置，正確的作法就是臉朝地俯伏，爬行到他的面前。

穿黃色襯衫的小男人描述的門班貝列，會用看不見的武器瞄準、射擊，然後令對方倒地如死人；他也會用砍刀和火把攻擊和砍斷旁人的手腳，雖然這些用手勢和表情很難表達清楚。他又說到人們永遠不可以跟他唱反調，只是很明顯地最令人害怕的還是松貝。光聽到巫師的名字，就足以使矮人發抖恐慌。

森林小路幾乎不可辨識，但是他們的小嚮導已經在這條路上來回奔跑許多次，他們不需要查看樹上的標記就可以前進無礙。通過蓊鬱的林子，突然眼前一亮，他們看到其他一些巫毒教的人偶，類似於他們之前看到的人偶，不過顏色泛紅，如同氧化的鐵鏽。靠近一看，原來是乾涸的血跡。環繞人偶四周的是堆積成山的垃圾、動物的屍體、腐爛的水果、木薯塊、盛滿各式汁液的南瓜、可能是棕櫚酒或其他酒類的汁液，散發的氣味令人難以忍受。費爾南多教士在身上畫十字，凱特則提醒嚇呆的約耳・岡薩雷茲拍照的任務。

攝影師自言自語：「我希望這不是人類的血，而是獻祭動物的血。」

「這是祖先之村。」貝爺・多構烏邊說，邊指出一條狹長的小路，這條從人偶處開始的小徑，朝前隱沒在森林裡。因爲不能跨越祖宗的領土，他說需要繞路到恩高背，而在領地上圍繞著死人的靈魂，這是保平安的基本法則，只有傻子和瘋子才會冒險進入。

娜迪雅詢問：「都是誰的祖先？」

貝爺・多構烏無法明瞭提問，最後藉助費爾南多教士他才聽懂問題。

「都是我們的祖先。」他一面解釋一面指著同伴，用手勢比出先人也是矮小個子。

娜迪雅繼續提問：「高頌果和門班貝列也不靠近矮人的鬼魂村嗎？」

貝爺・多構烏回答：「沒有人敢靠近，如果靈魂受到打擾，會展開報復。他們會進入活人的身體，掌控人的意志，讓他生病和受罪，也讓他死亡。」

矮人指示異鄉客得趕快動身，因爲晚上動物的靈魂也會出來。

娜迪雅問道：「如何分辨是動物的靈魂還是一隻奔跑的普通動物呢？」

「鬼魂沒有原本動物的氣味，一隻金錢豹聞起來是羚羊的味道，或一隻蛇聞起來是大象的味道，這就是鬼魂。」

亞歷山大開玩笑地說：「那得要有很好的嗅覺，還要很靠近動物，才能區別……」

貝爺・多構烏告訴他們，以前沒有人害怕夜晚或是動物的靈魂，只害怕祖先的靈魂，因爲有伊變巴─阿富阿保護大家。凱特想知道那是不是某個神，但是他指出她的錯誤：伊變巴─阿富阿是神聖的護符，自從遙不可記的年代，就隸屬於他的族類。就他們所能瞭解的敘述，他說的應該是人骨，裡面裝有治百病的永生粉。一個世代又一個世代使用了不少次的永生粉，卻始終沒有耗竭。每一次打開骨頭，人們都會發現又是滿滿的神奇粉末。他們說，伊變巴─阿富阿代表他們部落的靈魂，是他們健康、力量和打獵有好運的泉源。

亞歷山大問：「現在在哪裡呢？」

他雙眼滿溢淚水地告知大家，伊變巴─阿富阿已經被門班貝列奪走，現在在高頌果的權力掌握下。當國王有了護符，他們的心靈力量就減弱，完全聽任國王的支配。他們在白天最後的餘光下進入恩高背，村中的居民開始點燃火炬和篝火，以便村莊的照明。他們打從一叢營養不良的植物、兩道高大的木頭柵欄，和一排茅舍前面經過，所見的植物有木薯、咖啡和香蕉樹，柵欄或許是圍動物的畜欄，茅舍沒有窗戶，牆壁傾斜，屋頂毀損。幾頭生有長犄角的牛咀嚼著地上的野草，羽毛半脫落的雞、飢餓的犬和野猴四處亂竄。再向前幾公尺，開出了相當寬敞的一條大道或是中央廣場，整齊的居屋圍繞其旁，居屋是泥土做的房舍，屋頂是鋅板或草稈蓋成。

外地人的到達引發了一陣喧鬧，不消幾分鐘，村裡許多人都跑出來一探究竟。他們的外表長得像班度人，就是用獨木舟運載他們到河流分岔處的漁夫。衣衫襤褸的女人和打赤膊的小孩，在廣場的另一邊形成結實的人牆，四個比其他村民還高的男人從人牆開道而出，毫無疑問地，他們是另一種族。他們穿著襤褸不堪的軍人制服長褲，身上配有武器，都是老舊過時的步槍，腰上纏繞子彈。其中一人頭戴插有羽毛的探險帽，身穿汗衫，腳趿塑膠涼鞋；其他人上身赤裸、打赤腳。他們綁在二頭肌或是頭上的豹皮布條，以及面頰和手臂的儀典疤痕閃閃發亮。疤痕是一排排黑點，像是在皮膚下鑲嵌了小石子或是念珠。

士兵的出現改變了矮人的態度，他們在森林裡展現的可靠和歡欣的同伴情誼，冷不防地全消失了，他們往地上丟下揹負的行李，低下了頭，如喪家之犬的離去。貝爺・多構烏是唯一敢向外地人打手勢告別的人。

「晚安！」凱特用英文問候，她排在最前頭，除了問候她不知道還能說什麼。

士兵包圍他們，刻意忽略她伸出的手，在眾人好奇的注視下，用槍管催促逼迫，致使他們的身體頂在一間房舍的牆壁上。

凱特喊著：「高頌果，門班貝列，松貝……」

士兵們面對這幾個名字的威力，躊躇遲疑，然後開始用他們的語言爭辯討論。他們其中一人跑去尋求指令，同時讓這團人等候一段時間，而等候的時間像是永恆那麼長。

亞歷山大注意到人群中有人缺一隻手，或是缺耳朵。也看到許多從某個距離凝視這個場景的小孩，臉上滿是可怕的潰傷。費爾南多教士告訴他，這是經由蒼蠅傳輸的病毒所引起的潰爛。

他在盧安達的難民營看過相同的病症。

他又說：「只要有水和肥皂就可治癒，但是放眼望去，這裡連這樣的東西都沒有。」

亞歷山大問：「您不是說那些宣教士有醫療站嗎？」

宣教士憂心忡忡地回答：「潰爛的傷口是非常糟糕的徵兆，孩子，這意味著我的弟兄不在這裡，要不然傷患早就痊癒了。」

過了好長一段時間，直到黑夜即將結束，信使才帶著命令返回，他們奉命將人犯帶到聖言之樹，那裡是裁決官方事務的地方。士兵指示他們拿起自己的行李，跟隨著行走。圍觀的群眾自動分散，開出一條路來

一行人通過了分隔村莊的中庭，或者該稱之爲廣場，他們看到一棵壯麗的大樹聳立在村莊的中央，大樹的枝葉像大傘一般遮蓋了寬廣的場域，樹幹的直徑約三公尺，粗糙的樹根暴露在上空，從高處垂掛下來像是長長的觸鬚，然後又沉入地底。那裡是由令人印象深刻的高頌果所掌管的區域。

國王在平台上，他所坐的紅色絲絨沙發椅有彎曲裝飾的木頭四腳，完全仿造法國骨董椅的樣式。在他兩旁豎立了一對垂直擺放的象牙，地面鋪墊了不少的豹皮。一系列表情猙獰的木雕和行巫術的人偶環繞王座四周。三位樂師正在擊打木棍，他們身穿軍人制服的藍色夾克，但是沒穿長褲，而且赤腳。冒煙的火炬和一對篝火照亮夜晚，將場景營造出劇場的氛圍。

高頌果披著一件斗篷的裝扮，上面裝飾滿滿的貝殼、羽毛和其他意想不到的物品，諸如瓶

蓋、電影膠卷和子彈。這件斗篷應該有四十公斤重，此外，頭上還戴著一公尺高紀念塔狀的帽子，帽上裝飾了四支金角，象徵權力和勇氣。脖子上亮晃晃的是獅子牙齒做的項圈，纏繞腰際的是數種護符和蟒蛇皮。他的臉被一片鑲有水晶和黃金珠子的簾子遮住。他的手握著一根黃金實心的棒子，上面有陰乾的猴子頭，這棒子可用來當權杖或是枴杖，最上面掛有精細雕刻圖案的骨頭，就大小和形式看來，雕的似乎是一個溫和的人。這些外國人推斷那可能是伊變巴—阿富阿，矮人曾經描述過的護符。國王手指戴著龐大的動物造型金戒指，從手腕到手肘戴滿同樣金屬材質的粗俗手鐲。他的外表實在令人印象深刻，盛裝如同英國王室參加國王登基的大日子，只是展現的是另一種風格形式。

圍著王座站了半圈的國王守衛和助理，他們像是班度人，樣子正如村內其他的居民一樣，反之國王明顯地與士兵一樣是高個子族。由於國王此時坐著，很難估算他的體積，看似龐大的體積，雖然也可能是斗篷和帽子造成的錯覺。至於墨利斯•門班貝列指揮官和松貝巫師，四處張望的他們都沒能見到。

女人和矮人不列入服事皇家王室的編制，但是在男性宮廷的後面有二十個非常年輕的女人，她們和恩高背其餘的居民相比非常突出，她們穿著耀眼色彩的布巾，裝飾著沉甸甸的黃金珠寶。在火炬搖曳的光中，黃色金屬照亮了她們黝黑的皮膚。有些女人手裡抱著嬰孩，有不少小小孩在她們周圍玩耍。探險成員推斷這些應該是國王的家人，吸引他們注意的是，那些女人和矮人一樣馴服，看來她們並沒有因為自己的社會地位感到驕傲，而是害怕。

費爾南多教士向他們說明，在非洲一夫多妻是很普遍的，有時候妻子和兒子的數目，展示著經濟能力和威望。就國王爲例，國王有越多的兒子，他的國家就越興盛。基督教和西方文化的影響，不曾改變這一方面的習俗，而許多其他方面的風俗也一樣很難被改變。宣教士大膽假設那些高頌果的女人，或許不是心甘情願被選入宮，而是被迫嫁給國王的。

四位高個子士兵敦促這群外國人，示意他們跪拜在國王面前。凱特試圖抬眼觀看，冷不防頭上遭到一記棍棒，要她打消念頭。於是他們靜跪在地，廣場上的灰塵也只能吞嚥下肚，漫長且令人難受的時間裡，他們卑躬屈膝、身體不住地發抖，直到樂師停止敲打木棍，一個金屬的聲音結束了長長的等待。這些俘虜放膽往王座方向看過去，這位怪異的國王手上正搖著黃金鐘。

鐘聲的回音歸於死寂後，軍師中有一位向前靠近，國王對他說了些悄悄話，之後，他轉向外國人，以開場白的方式，混用法語、英語和班度語宣告，高頌果是由天神欽點並負有統治國家的神聖使命。外國人再次將鼻子埋進塵土中，沒有氣力質疑這番陳詞。他們瞭解傳話的人是皇家發言人，一如貝爺·多構烏曾經說過的。傳話人馬上又接著問他們拜訪至高高頌果君王的統轄區，有什麼目的？他那帶有威脅性的聲調，不留思考與懷疑的空間。沒有人回答。唯一聽懂他說話的人是凱特和費爾南多教士，但是他們還是一頭霧水，他們不清楚此地的禮節，不想冒險犯了莽撞的錯，也或許那問題只是一種修辭，高頌果並不想要答案。

國王保持了數秒鐘完全的沉默，接著，再度搖鐘，鐘聲被人民詮釋爲一種命令。除了矮人以外，全村莊的老老少少開始喊叫，用拳頭威脅，緊縮圍聚在訪客團四周的圈子。引人疑竇的是，這不像是群眾的騷動，反而像是由演技差的演員排演的一齣劇碼，連搧動混亂的最起碼熱情都沒有，更不用說有人還在偷笑。接著，準備武器發射的士兵，將子彈射往空中的意外鳴槍，讓整合的示威達到高潮，同時也在廣場上產生一陣倉皇逃命的混亂。成年人、小孩子、猴子、小狗和母雞盡可能逃得遠遠地，樹下僅僅留下國王、簡約的王室成員、受到驚嚇的女眷和俘虜。俘虜趴倒在地，用手臂抱頭，確信已經到了他們的死期。

不一會兒平靜又重回這殘破的村子，一等喧囂混亂的嘈雜告終，皇家發言人又重複剛剛的問題。這一次凱特・寇德雙膝跪地，用老骨頭還能允許的一點高雅挺起身來，保持身體的高度在性格不定的國王下面，一如貝爺・多構烏曾經指點過他們的。她以堅毅卻不挑釁的態度朝向傳話人。

「我們是記者和攝影師。」她邊說，邊含糊地指了指她的同伴。

國王對他的助理竊竊私語，後者對凱特重複他的話。

「全部都是嗎？」

「不，尊貴的陛下，這位女士是飛機的主人，是她載我們來到這裡的，這位戴眼鏡的男士是宣教士。」凱特指著安琪和費爾南多教士說明。在他尚未問到亞歷山大和娜迪雅之前，她又補充說道：「我們是從很遠很遠的地方來採訪尊貴的陛下，因為他的名聲已經跨越國界，傳遍世界各地。」

高頌果似乎比皇家發言人懂更多的法語，他表現出濃厚的興趣，專心注意看著女作家，但是同時也滿臉不信任。

透過傳話人他問道：「老女人，你想說什麼？」

「尊貴的陛下，在外國有許多人對您充滿好奇。」

皇家發言人說：「這是什麼意思？」

「尊貴的陛下您已經贏得這個地區的和平、繁榮和秩序。有消息傳出來說，您是勇敢的戰士，您的權柄、智慧和富有是無人不曉的。他們說您有如此的能力，就像古老的所羅門王。」

凱特繼續發表她的演說，所有的話都糾纏不清，全因她有二十年沒有練習法文。他們是二十一世紀的人，一些爛電影也不會拍這種看到日蝕還會驚恐半天的野蠻土皇帝。她猜想高頌果實在是有一點過時，但還不算是傻子，就算對日蝕的無知也不足以證明他是傻瓜。他的所做所為可看出他是接受阿諛奉承的人，就像大部分擁有權力的男人一樣。她的個性是從不對任何人錦上添花，而在她活過的大半歲月證實，就算用荒唐不實的話恭維一個男人，一般來說他們都會相信。此刻她唯一的希望就是高頌果吞下她的誘餌。

她的疑慮很快就消除了，因為奉承國王的策略，產生預期的效果，高頌果被他自己的神聖出身所說服。數年來沒有人質疑過他的權力，他的臣民或生或死，全聽憑他的喜愛。一個記者團跨越半個地球來採訪，他認為這是很正常的事，只是奇怪，以前怎麼沒有人這麼做。他決定以他們值得的方式接待之。

凱特・寇德自己問自己，這個村莊是她所見過最窮的，但從哪裡得來這麼多黃金。「在國王的手裡還有其他什麼財富呢？」「高頌果和指揮官門班貝列又是何種關係？」很有可能他們兩人是有計畫的在沼澤和叢林迷宮的某個更吸引人的地方，奪取資源和享受他們的財富。與此同時，恩高背的人生活窮苦，跟外面的世界、電力、清潔用水、教育或醫藥完全隔絕。

第七章　高頌果的囚犯

高頌果用一隻手搖動黃金鐘，用另一隻手命令村莊的居民，村民還繼續躲在附近的茅舍和樹木後面。士兵改變態度，甚至彎下身來扶起這群外國人，他們搬來幾把三腳小板凳，擺在外國人所在之處。村民小心翼翼地靠攏過來。

「宴會！音樂！食物！」透過皇家發言人的傳譯，高頌果下了開慶祝會的命令，並且指示驚魂未甫的一群外國人團體就座小板凳。

國王用念珠簾子遮住的臉轉向安琪。她感到被檢視的眼光，巴不得能隱藏在同伴的身後，事實上她的體積是不可能遮住的。

她小聲向凱特耳語：「我相信他正在看我。他的眼睛不若其他人所說的有殺傷力，但是讓我覺得自己好像一絲不掛。」

凱特開玩笑地回應：「或許他有企圖要你加入他的後宮。」

「死都別想！」

凱特內心承認，安琪絕對可以跟高頌果的任何一個老婆比美，雖然她不是那麼年輕。那裡的女孩青少年時期就結婚了，女飛行員在非洲算是超齡熟女，但是她體型高胖，牙齒非常潔白，發亮的皮膚非常誘人。女作家從背包拿出一瓶她最鍾愛的伏特加，她將酒瓶放在國王的腳前，但是後者顯然不怎麼被吸引。高頌果舉起輕蔑的手勢，授權下屬享受這禮貌性的贈禮，酒瓶在士兵之間從一隻手傳到另一隻手。接著國王從斗篷的皺褶處取出一紙箱的香菸，士兵按人頭分給村裡的男人，一人一根菸。女人被視為跟男性不一樣的種族，她們是被忽略的一群。士兵也沒有分菸給外國人，安琪非常失望，她開始承受缺乏尼古丁的痛苦。國王的太太們受到的待遇，不超過其他的恩高背女性公民。一名嚴厲的老男人負責維持女眷的秩序，他備有一根細長的竹棍，只要他覺得有需要，他會毫不遲疑地使用竹棍鞭打女眷的小腿，公眾虐待皇后嬪妃顯然不是什麼不體面的事。

費爾南多教士勇敢地問起缺席的宣教士，皇家發言人回答說在恩高背從未有過宣教士。他又補充說，除了一個人類學者，許多年都沒有外國人來到他們的村莊，人類學家是來測量矮人的頭大小，幾天以後，他就因為不能忍受這裡的天氣和蒼蠅，倉皇逃離了。

凱特嘆了一口氣說：「那應該是盧多維克・勒布朗教授。」

她想起了勒布朗，她的大敵人和鑽石基金的搭擋，他曾經給她閱讀關於赤道森林的矮人札記，這篇文章刊登在一本科學雜誌。根據勒布朗的研究，矮人族的社會是他所認識最自由和最平等的。男人和女人是以緊密的同伴情誼生活一起，夫妻同行狩獵，平等分擔照顧孩子的責任。

他們當中沒有階級制度，唯一有名譽的職分是**首領**、**巫醫**和**最好的獵人**。但是這些職稱不能帶來權力和特權，只有責任。男人和女人之間沒有差異，老人和年輕人之間沒有差異，小孩子沒有義務要唯父母是從，族中的成員不知道什麼叫暴力。他們是家人團體生活一起，沒有人比其他人享有較多的福利，他們每天只生產一天所需要消耗的配給；他們不鼓勵囤積財富，因為一旦有人獲得什麼，他的家人就有權利享有。一切都可分享。他們是強力堅持獨立的社群，不曾被征服過，更別說被歐洲殖民者殖民，但是最近這些日子他們很多人被班度人俘虜為奴隸。

凱特未曾確認過勒布朗的學術研究包含多少真實性，但她的直覺提醒她，作為瞭解矮人的參考資料，這個虛誇的教授可能是正確的。凱特第一次非常想念他，跟勒布朗的辯論是她生命中的鹽，如此這般，維持了她的戰鬥力，她不能長時間離開他很遠，因為這樣會軟化她的性格。若說老作家有怕的東西，那沒有比這樣的想法更甚的了：害怕自己變成沒有反擊力的老太婆。

談及失蹤的宣教士，費爾南多教士確定皇家發言人說謊，他仍然堅持提問同樣的問題，直到安琪和凱特提醒他注意禮節。顯然這個話題困擾了國王。高頌果像是一顆定時會引爆的炸彈，他們的處境是非常脆弱的。

為了歡慶訪客的來到，他們提供用南瓜裝盛的棕櫚酒、菠菜模樣的葉片和木薯布丁，同時還有一籃子的大老鼠，老鼠已經用灶火烤好，並加上橙色的棕櫚籽油調味。亞歷山大閉上眼睛，鄉愁似地想著背包裡的沙丁魚罐頭，但是祖母的一腳，把他帶回了現實，拒絕國王的晚宴是不明智的。

「凱特，都是老鼠耶！」他叫出聲，並且試圖控制他的情緒。

她回說：「你別一臉嫌惡，吃起來像是雞肉的味道。」

她的孫子提醒她：「妳也是這樣說過亞馬遜河的蛇肉，結果與事實不符。」

棕櫚酒的味道嘗起來像是可怕的甜藥水，令人作嘔，這群朋友基於禮貌品嘗了一口，可是根本難以下嚥。相反地，士兵和村莊的其他男人卻是大口大口的喝，直到滴酒不剩。士兵鬆懈了監視，但是這些俘虜沒有地方可躲，他們被叢林、沼澤的瘴氣和野生動物的危險所環抱。烤老鼠和菜葉的味道比它們外表讓人以為的還要可口，反而是木薯布丁嘗起來像是泡了肥皂水的麵包，但是他們餓壞了，毫不扭捏地狼吞虎嚥。娜迪雅有限量地小嘗味苦的菠菜，亞歷山大吃驚地大口吸吮老鼠腳上的小骨頭。他祖母說得有理，嘗起來像雞肉，說得更明確一點，像是煙燻雞。

高頌果突然又搖起他的黃金鐘。

「現在我要我的矮人族。」皇家發言人對士兵大喊，又補充說這是為了訪客的權益：「我有很多矮人，都是我的奴隸。他們不是人類，他們跟猴子一樣生活在森林裡。」

他們攜帶許多不同大小的鼓來到廣場，有些體積大到需要兩個人抬進來，有些是在南瓜或生鏽的汽油桶上蒙上一張皮而成。在士兵的命令之下，一隊精簡的矮人團隊被推向樂器，這群矮人就是帶領他們到恩高背的同一夥人，他們一直被分隔在一旁。矮人們各就其位，垂頭喪氣且緘默不語，他們不敢違抗命令。

高頌果利用皇家發言人傳話：「他們必須奏樂跳舞，好讓他們的祖先能引導大象到他們設下的羅網。明天出去打獵，絕對不可以空手而回。」

貝爺•多構烏重重地敲打幾下，像是爲了確定音域，慢慢地氣氛熱起來，其他人很快也加入鼓聲的敲擊。他們臉上的表情改變，好像變臉一樣，只見雙眼發亮，身體配合手打的拍子舞動，隨著鼓聲愈來愈大，聲音的律動也愈來愈快。他們似乎無法抗拒自己製造的音樂誘惑。他們拉高嗓子唱出特殊的曲調，音調如蛇般在空中高低起伏，然後爲了下一步的多音部對歌，音樂戛然停止。那些鼓有了生命，一會兒一些鼓聲和另一些鼓聲爭競，一會兒又合在一起，鼓聲撼動鼓舞了夜晚。亞歷山大計算著，若是使用電擴音機的六人打擊樂團，他們的聲音還無法等同這些矮人。矮人們以簡陋的樂器重現自然的聲音，有些聲音清脆，像是水在石頭間流動或是羚羊的飛躍；有些聲音深沉像是大象的步伐、雷聲或水牛的奔跑；另外也有聲音是愛情的悲嘆、戰爭的叫囂或痛苦的哀嚎。音樂密集而快速的加強，升至最高點後開始減弱，直到變成一聲幾乎聽不見的嘆息。如此的循環不斷重複，但從未一樣，每個絕妙的樂音，充滿恩典和感情，似乎只有最好的爵士樂可以媲美。

高頌果另一個指示是帶給女矮人的，直到那時外國人都還未曾見到她們。女矮人被圈在動物的柵欄內，柵欄就設在村子的入口。她們也是矮人族，都很年輕，只穿著酒椰纖維做的裙子。

她們用腳匍匐前進，態度極其卑微，此時士兵用喊叫和威脅的方式對她們下命令。演奏樂器的人一見到這些女人，馬上流露出癱麻的反應，鼓聲驟然停止，只有回音在森林裡迴盪片刻。

士兵舉起棍棒，那些女人縮成一團，彼此抱在一起以求庇護。少頃，樂器以新的活力再度作響。那時，面對訪客無能爲力的眼光，在女人和樂師之間彷彿一場無言的對話。當男人拍打鼓面表達人類情感的場域，從憤怒和痛苦到愛和鄉愁，女人圍成一圈跳舞，她們擺動酒椰纖維裙，高舉手臂，赤裸的雙足踩踏大地，她們正用身體的舞動和喚起同胞苦悶的歌聲回應。這場表演有著原始、苦痛和無法忍受的強度。

娜迪雅用手遮住臉，亞歷山大牢牢地抱著她、緊抓著她，他怕他的朋友會忍不住跳到廣場中央，意圖結束這場難堪的舞蹈。凱特靠過來提醒，擔心他們做出任何錯誤的舉動，因爲可能會牽累到大家。矮人之舞的魔力，單看高頌果就可以瞭解箇中原委：他似乎被舞蹈和歌曲奪魂了。他依然坐在被當成寶座的法國沙發上，隨著鼓聲的抖動就像觸電一般。斗篷和帽子上的裝飾叮噹作響，他的腳隨著鼓聲的律動打著拍子，他搖擺手臂以至於黃金手鐲發出聲響。宮廷中的許多成員，包括沉醉在鼓聲的士兵，也開始跳舞，隨後村莊其他人也跳了起來。不消片刻，四下一片跳躍和扭動身體的混亂。

集體瘋狂的場面結束和開始一樣突然。面對只有他們接收得到的信號，樂師停止拍擊鼓面，女伴動人心弦的舞蹈也暫停。女矮人們成群結隊，轉身退回柵欄。一當大鼓停止出聲，高頌果馬上靜止不動，其他的村民也跟隨他的舉止。只有流過赤裸手臂的汗水，讓人記起他剛剛在寶座上跳了舞。那時這群外國人注意到國王手臂跟四個士兵一樣的儀典疤痕正閃閃發亮，他也如同他們在二頭肌綁有豹皮的臂章。宮廷侍從趕緊將沉重的斗篷穿回肩上，並把歪斜的帽子扶正。

皇家發言人跟外國人解釋，如果不是他們急著要走，將可以目睹艾禪西，亦即死人之舞，這是在葬禮和出征時才會跳的舞蹈。艾禪西也是偉大鬼魂的名字。正如預期，外國人的成員不喜歡這個消息。在有人想要得知更多細節之前，這位傳話人以國王之名通知他們，將帶領他們前往落腳的「客棧」。

四名壯丁抬起置放寶座的平台，帶著高頌果往居所的方向離去，緊跟著是他的妻妾，她們負責那兩具象牙，以及帶領她們的小孩。運送平台的人剛剛喝了太多酒，使得王座搖晃得很厲害。

凱特和她的朋友提起他們的行李，跟著兩個拿火把的班度人走，引路的火把照亮羊腸小徑，一名攜帶步槍和綁有豹皮臂章的士兵隨行護送。棕櫚酒和放縱的舞蹈起了作用，他們個個都有好心情，開懷大笑，彼此開玩笑和友善地互相拍打，但這一切卻無法使這群訪客安心，因爲顯而易見地，他們已經成了囚犯。

名之爲「客棧」的地方，其實就是一棟草稈屋頂、長方形的泥土建築，比起其他房舍稍大，位於村莊的另一端，就在叢林的旁邊。建築物挖了兩個洞當作窗戶和入口，房子無門。拿火把的男人照亮房子內部，對於必須在此過夜且感到反感的這群人，注意到地面上成千隻的蟑螂正往牆角逃竄。

亞歷山大說：「牠們是世界上最古老的小蟲，三億年前就存在了。」

安琪強調：「這不會讓牠們變得更可親。」

「蟑螂是沒有攻擊性的。」亞歷山大又說，雖然事實上他並不確定是否如此。

約耳・岡薩雷茲問道：「這裡會有蟒蛇嗎？」

凱特捉弄他：「蟒蛇不會在暗處攻擊。」

亞歷山大問道：「這是什麼怪味道？」

「可能是老鼠的小便或是蝙蝠的糞便。」費爾南多教士面不改色地說明，因爲他在盧安達有過類似的經驗。

亞歷山大笑笑說：「奶奶，跟你一塊兒旅遊總是一種享受。」

「不要叫我奶奶。如果你不喜歡這裡的擺設，去你的喜來登大飯店吧！」

安琪哀嚎：「我想抽菸想死了。」

「這是改掉妳壞習慣的機會。」凱特不是很認同的回答，因爲她也非常想念她的舊菸斗。

一個班度人點燃掛在牆上的其他幾把火炬，士兵命令他們直到明天才可以出門。如果他們對他的話有疑問，他將揮動武器的威脅手勢，打消疑問。

費爾南多教士想查詢是否附近有茅坑，一位士兵一聽笑了出來，這個想法讓他覺得很有趣。宣教士堅持地質問下去，另一位士兵立刻失去耐性，他用槍托推撞宣教士一下，把他推倒在地。凱特習慣尊重他人，她下了很大的決心充當調解人，在士兵也要攻擊她以前，放了一罐桃子汁罐頭在他手上。這個人收下賄賂後離去，幾分鐘後帶著一個塑膠的水桶回來，沒有多作解釋，就交給凱特。那個特大號的容器，應該是屋裡唯一的衛生設備。

亞歷山大思考著：「手臂上的豹皮布條和疤痕到底有何意義？四個士兵都擁有一樣的標示。」

凱特說：「可惜我們不能跟勒布朗連上線，我相信他一定可以給我們一個解釋。」

「我認爲這些男人隸屬於金錢豹兄弟會，那是一個秘密工會，非洲許多國家都有。」安琪說：「他們在青少年時期被招募，然後在身上刻上那些疤痕，這樣到任何地方都可以辨識。他們都是傭兵戰士，戰鬥和殺人都是爲了錢；他們以野蠻殘忍聞名，宣誓一生要彼此幫助和殺死彼此的敵人。他們沒有家庭，也不與任何階級聯繫，除了參加金錢豹兄弟會的聚會。」

「這真是負面的休戚與共。換句話說，我們任何一個人所涉及的任何行爲都可判無罪，不在乎是多麼可怕的事情。」費爾南多教士試圖釐清：「跟正面的休戚與共剛好相反，群眾團結是爲了建設、計畫、滋養和保護弱者，提升生活的品質；負面的休戚與共是爲了戰爭、暴力和犯罪。」

凱特疲倦地嘆口氣：「我看我們走運了……」

士兵已經撤離，從窗口看到兩個帶著砍刀的班度守衛接續監視的工作，可以想見這群人即將度過非常痛苦的一晚。當他們在地上擺好旅行袋，準備當枕頭躺下時，蟑螂就回來在他們身上散步。他們必須忍受蟑螂的小腳伸進耳朵，在眼皮上搔抓，以及好奇地鑽到衣服裡面。留長髮的安琪和娜迪雅，用手巾將頭髮包住以免蟑螂在她們的頭上築巢。

娜迪雅說：「有蟑螂的地方就沒有蛇。」

才剛剛產生這個想法，結果就如預想的一樣：原本約耳・岡薩雷茲一直處在高度的緊張狀態，現在他像被施了魔法地平靜下來，洋溢著有蟑螂為伴的喜悅。

整個夜裡，當夥伴們終於都進入夢鄉，娜迪雅決心起身行動。雖然有老鼠、蟑螂和高頌果的人馬就近威脅，大家是如此疲累，以至於至少有幾個小時完全熟睡。娜迪雅卻不然，矮人的表演搞得她心煩意亂，她看到女矮人跳完舞後，都從柵欄那裡失去蹤影，決定調查那些柵欄究竟是什麼緣故。她脫下靴子，拿起手電筒。兩個守衛坐在室外一旁，砍刀放在膝上，對她而言，他們不會造成阻礙，因為她花了三年演練隱身術，那是從亞馬遜的印第安人身上學來的。「霧中之人」隱形了，她用彩繪的身體模擬大自然，安靜無聲，款步輕移，但是深度集中的意志，只能維持有限的時間。這招「隱身術」幫助娜迪雅逃離好幾次的困境，因此她經常練習；她用隱身術進出課堂，同學或老師都沒發現，稍晚，他們都不記得當天娜迪雅是否曾經在課堂出現過。她還會隱身穿梭在擠滿人群的紐約地鐵，為了測試成果，她會靠近一位乘客，在幾公分的距離注視對方的臉，對方竟然沒有任何反應。跟娜迪雅住在一起的凱特・寇德是這個不間斷的訓練過程的主要受害人，她從來都不確定那女孩是曾經在那裡，或是她作夢夢見她在那裡。

女孩要求波羅霸乖乖待在囚房，她不能帶牠一道兒走，她深呼吸了幾次，直到所有的焦慮完全平息，然後集中意志準備隱身。一切就緒時，她的身體幾乎呈催眠狀態。她跨過熟睡朋友的身軀，悄悄溜往出口。待在室外的守衛，或因無聊或因棕櫚酒的酒精作祟，早決定輪流守夜。他們其中一員正倚在牆上打呼，另一位則懷著驚嚇的心情，細細察看漆黑的熱帶雨林，他害怕森林的鬼魂。娜迪雅從門檻探出身來，守衛轉身向她，曾有一度兩人四目交接。守衛覺得有人在他面前，但是他很快抹消這個印象，一陣不可抗拒的睡意使他呵欠連連。正當女孩瘦長的身影漸行遠去，他仍留在原地對抗瞌睡蟲，一旁是被拋棄在地上的砍刀。

娜迪雅以相同的大氣狀態穿過村落，均未引起少許保持清醒的人注意。她經過隸屬皇家的泥土建築，離照亮皇家的火炬很近。一隻失眠的猴子從樹上跳下來，摔在她的腳上，她的身體短暫變回原形，但很快她又集中意志，繼續前進。她感覺不到重量，好像是飄浮般地前進。終於到達柵欄處，柵欄是由釘在地上的樹幹兩個長方形的周邊圍出來的，樹幹被藤條和獸皮做的布條纏綁。每個柵欄有一部分是草稈做的屋頂，另一半則是露天的。柵欄的門藉由笨重的門栓關閉，門栓只能從外面打開。娜迪雅審慎地察看著。

女孩繞著柵欄外圍走動，用手摸索著，不敢點亮手電筒。柵欄的外圍又高又堅固，但是有勇氣的人，可以利用木頭突起的地方和皮繩的打結處攀爬而出。她自問爲什麼那些矮人不逃出來。走了兩圈之後，確認四下無人，她決定拿起其中一個門栓。在隱身的狀態下，她只能很小心地移動，不過要有開門的力氣，必須離開催眠狀態。森林之音充實了整個夜晚：動物和鳥的聲音在林間呢喃，在大地嘆息。娜迪雅念及人們不在夜晚離開村莊是有道理的：人們很容易將這些嘈雜之聲，歸因爲超自然的存在。憑她的力量要打開門，不可能安靜無聲，此時木頭發出嘎吱作響的聲音。幾條狗靠近前來狂吠，娜迪雅趕緊用犬科的語言說話，頓時狗吠聲就止住了。她覺得聽到小孩的哭泣，但是只幾秒鐘就停住了，她又回頭用肩膀扛起門栓，結果門栓比她原先想得要重許多。終於取出了支柱的橫樑，將門半開，一溜煙進了內室。

到這時，她的眼睛已經習慣夜晚的黑暗，她清楚知道自己正處於一種形式的中庭。不曉得將會遇到什麼，她靜悄悄地朝有草稈屋頂的範圍前行，度量著萬一遇到危險該如何脫離。她決定不要在黑暗中冒險，短暫的猶豫之後，將手上的手電筒點亮。手電筒的光線照亮的一片景象，是娜迪雅想都沒想過的，因此她嚇得叫了一聲，險些摔掉了手電筒。大約十二或十五個非常嬌小的軀體，背抵著柵欄，站在中庭的盡頭。原先她以爲都是些小孩子，很快就察覺她們就是爲高頌果跳舞的那群女人。她們恐懼的表情跟娜迪雅的一模一樣，但是卻連一點微小的聲音都沒傳出，她們被迫用張大的眼睛注視這個闖入者。

娜迪雅用一根指頭放在嘴唇上說：「噓……」又用她的母語——巴西話說：「我不會傷害妳們，我是妳們的朋友……」然後又用所有她會的語言重複一次。

這些被囚的女人聽不懂她所有的話，不過卻猜出她的意圖。其中一個女人向前跨了一步，雖然她還是縮成一團、把臉遮住，她盲目地伸出她的手臂。娜迪雅靠近她、碰觸她。那女人發著抖躲開了，稍後才敢斜眼瞧她，她應該是很滿意這個外國年輕女孩的容貌，因爲她笑了。娜迪雅再度伸出手，女人也照作，於是兩人的手指交織一起，這種身體的接觸即是最透明的溝通模式。

女孩拍拍自己的胸脯自我介紹：「娜迪雅，娜迪雅。」

對方回應：「漢娜。」

其他的女人隨即都圍繞在娜迪雅的身旁，她們充滿狐疑地觸摸她，一邊又竊竊私語和嘻笑著。一旦明白撫摸和比手勢這樣的共通語言，其他的就容易多了。女矮人訴說她們被迫和男性同伴分開，因爲高頌果要強迫男矮人獵象，他的目的不是爲了吃象肉，而是要取象牙來非法販賣。國王還有另一種族的奴隸，專門爲他開採鑽石礦之類的東西，就在比較北邊的地方，如此成就了他的財富，而獵人的報酬是香菸、一些食物和短暫探視家人的權利。如果象牙或鑽石不足，指揮官門班貝列就會插手干涉。他有很多懲罰的方式，最令人不能忍受的就是死亡，最殘暴的就是使他們失去他們的孩子，並將孩子賣給走私販當奴隸。漢娜還說到，在森林已經剩下爲數不多的大象，矮人必須一次比一次到更遠的地方狩獵。男矮人本就數量零星，女人又不能像過去一樣幫助他們。大象的減少，讓他們孩子的命運更不確定。

娜迪雅沒把握自己是不是都聽懂了。她猜想奴隸制度已經結束有一段時間，但是那些女人的比手劃腳卻是這樣的明確。後來凱特跟她確認說，有些國家還是存在奴隸。他們視矮人爲異國傭人，他們買下矮人，是爲了幫某些人從事一些卑賤的工作；或者，如果買主出一大筆錢，矮人就會被買下來娛樂有錢人，或是在馬戲團工作。

那些女囚犯述說著在恩高背所幹的粗活，諸如種植、運水、清潔，甚至建造茅草房舍。她們唯一的願望就是回到雨林，跟家人團聚一起，畢竟雨林是她們族人自由生活上千年的地方。娜迪雅用手勢暗示她們可以攀爬柵欄逃跑，但是她們回說孩子被關在另一個柵欄裡，由兩個老奶奶看守，她們不能丟下小孩自顧逃生。

娜迪雅問：「妳們的丈夫在哪裡呢？」

漢娜指出丈夫住在森林裡，只有他們捕獲了肉、皮或象牙時，才獲准來到村莊。她們說，那些在高頌果的宴席上擊鼓的樂師，就是她們的丈夫。

第八章　神聖的護符

娜迪雅告別矮人，並且承諾要幫助她們，之後，就用隱身術回到茅舍，一如她用隱身術出門一樣。回到茅舍，她確認只剩一名守衛，另一名已經離去；留下來的這位像個嬰孩般鼾睡著，這得感謝棕櫚酒提供了一個意想不到的便利。女孩像隻松鼠悄悄溜了進去，她靠到亞歷山大身旁，喚醒他，並用手捂住他的嘴巴，簡單幾個字述盡她在關奴隸的柵欄所發生的事情。

「真是可怕，神豹，我們應該要做點什麼。」

「做些什麼？舉個例來說？」

「不知道，以前矮人都是住在森林的，他們跟這個村莊的居民維持一般的關係。在那個時代，有一個女王，名叫娜娜—阿桑特，她是屬於另一個種族，來自非常遙遠的地方，人們都相信她是諸神差派來的。她是女巫醫，熟稔驅邪和治病的植物。她們告訴我，以前在森林有一條寬闊的大路，是被成百隻大象踩踏出來的，但是現在只剩下少量的大象，雨林便吞吃了森林的道路。正如貝爺・多構烏所說的，當他們取走神奇的護符，矮人就變成奴隸了。」

「你知道護符在哪裡嗎？」

娜迪雅解釋道：「就是那個有雕刻的骨頭，我們看到它綁在高頌果的權杖上。」

他們討論了好一會兒，提出了許多不同的意見，每一次都比前一次更具危險性。最後兩人都同意第一步得取回護符，帶回給矮人部落，以便還回他們的自信和勇氣。或許如此男矮人可以想出什麼方式，解救老婆和孩子。

亞歷山大說：「如果我們得到護符，我將去森林找貝爺·多構烏。」

「你會迷路。」

亞歷山大反駁：「我的圖騰動物會幫助我，神豹可以在任何地方辨識位置，而且能在黑暗中看清楚。」

「我跟你去。」

「天鷹，妳沒必要冒這個險。如果我自己去，妳有更大的彈性活動空間。」

「我們不能分開，記住班黑斯嬤嬤在市集對我們說的話，如果分開行動，我們將會面臨死亡。」

「那妳呢，妳怎麼想呢？」

「我想是的。我們曾看到的景象，就是一種警告：在某個地方，三個頭的怪獸正等著我們。」

「天鷹，三個頭的怪獸不存在。」

她回應：「如同瓦利邁巫師說的，可以存在也可以不存在。」

「我們要如何拿到護符？」

「我和波羅霸，我們來取。」娜迪雅用很確定的語氣說，彷彿訴說的是一件世界上最簡單的事。

那猴子在偷竊方面，有獨特的天分，這天分在紐約是個問題。娜迪雅常常要歸還他人的東西，也就是小動物帶給她的禮物，但是碰到現在這種情形，牠的壞習慣，可就是一種祝福。

波羅霸個子小、動作輕，而且雙手靈活。最困難的應該是查出保存護符之地，以及突破監視系統。漢娜，其中一名女矮人，她曾告訴娜迪雅護符在國王的皇宮，在她曾在前往清掃時見過。這個晚上，全村的人都喝得醉醺醺，只有最少的人力負責監控，他們看到寥寥數個荷槍的士兵，都是金錢豹兄弟會的軍人，當然可能還會有其他的兵丁。他們不清楚門班貝列到底帶了多少壯漢，但指揮官未出席下午的宴會，可能意味著他人不在恩高背。他們決定盡快行動。

娜迪雅說：「神豹，凱特一點都不喜歡這樣的事，你記得她要我們承諾不惹麻煩的。」

男孩問：「我們現在已經惹上很嚴重的麻煩，我會留一張紙條，讓她知道我們人在哪裡。妳害怕嗎？」

「跟你去我會害怕，但是留在這裡我更恐懼。」

亞歷山大建議：「天鷹，穿上妳的靴子。我們需要手電筒、備用電池，還有至少一把小刀。森林有大量的蛇出沒，我想我們需要一瓶解毒劑以防中毒。妳認爲我們需要借用安琪的左輪手槍嗎？」

「你想殺人嗎？神豹。」

「當然不。」

「那麼？」

亞歷山大順應地嘆了口氣說：「很好，天鷹，我們不帶武器出發。」

他們兩人攜帶所需物品，偷偷摸摸地在同伴的背包和旅行袋間移動。他們在安琪的急救箱找尋解毒劑時，看到麻醉動物的麻藥，亞歷山大一時衝動把麻醉劑放進了口袋。

娜迪雅問：「為什麼你需要它？」

亞歷山大回答：「我也不曉得，對我們總會有用處吧。」

娜迪雅先走出去，她隱身通過被門上火炬照亮的一小段路，然後藏身在陰影裡。本來想從那裡吸引守衛的注意，好讓亞歷山大有機會跟出來，但是她看到僅存的一位守衛正呼呼大睡，另一名守衛還沒回來，亞歷山大和波羅霸便輕而易舉地跟她會合了。

國王的宮殿是用泥土和草稈圍起來的場地，由內部幾棟簡陋的屋舍組成，給人臨時行宮的印象。對一個君王而言，特別是從頭到腳穿金戴銀、擁有成群妻妾和至高僞政權的高頌果，這個「皇宮」出奇地寒酸。亞歷山大和娜迪雅推測國王應該是不想終老在恩高背，因此沒有營建一座更高貴和舒適的宮殿。一旦象牙和鑽石被取用殆盡，他會盡可能遠離此地去享受他的財富。

女眷區被一道柵欄圍住，柵欄之上大約每十公尺分立一把火炬，因此照明良好。火炬是一些被沾滿樹脂的布包著的木棍，火炬散發濃黑的煙和刺鼻的味道。在圈型柵欄前面，有一座較大的建築物，其上繪有黑色幾何圖形的裝飾，及一扇又寬又高的門。兩個年輕人猜想這裡應該是國王住宿之地，因爲門的大小剛好允許轎夫和支持高頌果在上面活動的平台通過。爲了安全起見，國王被禁止踩到地面的規範，在家裡是不適用的，高頌果在他的內室會用雙腳走路，可以展現面孔，說話不需要傳話人，就如正常人一般。不遠處另有一座長方形建築，又長又平，沒有窗戶，有一道草稈爲頂的走廊連通到國王的寢宮，極可能是供士兵住宿的軍營。

兩名班度族的守衛，揹負步槍，在皇宮四周巡行。亞歷山大和娜迪雅在遠處觀察良久，終於做出結論：高頌果根本不怕被攻擊，因爲監視系統根本就是一樁笑話。那些守衛，仍然處於棕櫚酒的酒精效應，搖搖晃晃地巡行，當他們菸癮發作時，便停下抽根菸；當他們錯身而過時，便停下來聊天。甚至他們還看到守衛拿起瓶子啜飲，瓶內很可能是酒。他們沒看到任何一位金錢豹兄弟會的士兵，心情爲之略寬，因爲比起班度族的守衛，那些士兵是更加嚇人。無論如何，不知道在裡面將有什麼際遇，卻執意闖進建築物的想法是大膽妄爲了點。

娜迪雅決定：「神豹，你在這裡等，我先過去。一旦到該是波羅霸上場的時候，我會用貓頭鷹的啼聲通知你。」

亞歷山大不喜歡這個計畫，但是又沒有其他更好的想法。娜迪雅有辦法隱身行動，沒有人會注意波羅霸，因爲整個村莊到處都是猴子。他憂心忡忡地跟好友告別，倏忽間她就消失不見了。他努力要看到她，好幾秒後，才捉住她的影像，她像是在夜晚飄動的一片白紗。雖然這是有著沉重壓力的時刻，亞歷山大還是忍不住笑出來，隱身術多麼有效果啊！

娜迪雅把握住守衛抽菸的時機，接近一個寢宮的窗戶，不費一點力氣，她就攀爬上窗楣，她從那裡往內室瞧了一眼。裡面一片漆黑，但是從窗戶透出了幾許火炬和月亮的餘光，因爲窗戶是大開的，既沒有玻璃也沒有窗簾。確認內室沒有人後，她就溜了進去。

守衛抽完了菸，又在宮殿周遭走了一整圈。最後，一聲貓頭鷹的啼叫打破亞歷山大恐懼的壓力。年輕人鬆開波羅霸，後者往窗戶的方向飛奔而去，那裡是牠最後一次看到女主人的地方。數分鐘過去了，時間長得就像過了好幾小時，什麼也沒發生，突然娜迪雅變魔術似地出現在朋友身旁。

「怎麼了？」亞歷山大邊問，邊按捺住不擁抱她。

「很容易的，波羅霸知道牠該怎麼做。」

「這麼說，妳拿到護符了。」

娜迪雅試圖解釋：「高頌果應該跟他某個妻子在另一個地方，有幾個男人睡在地上，其他人則在玩紙牌。寶座、平台、斗篷、帽子、權杖和兩支大象牙都在那裡。我也看到幾個首飾箱，我猜是保存黃金飾品的。」

「那護符呢？」

「跟權杖在一起，但是我不能取得，因爲當時，我已經無法隱形了。波羅霸會拿到的。」

「什麼？」

娜迪雅指了指窗口，亞歷山大看到開始有黑煙冒竄。

娜迪雅說：「我放火燒了國王的斗篷。」

瞬間，爆發出一陣混亂的叫喊，剛剛在內室的士兵跑了出來，另外還有士兵從軍營衝出來，村莊頓時被喚醒，路上擠滿提著水桶奔跑滅火的人。波羅霸趁亂之際奪取護符，並從窗口離去。不消一會兒工夫，牠和娜迪雅及亞歷山大會合一處，然後他們就在往森林的方向失去蹤影。

大樹圓頂的遮蔽下，黑暗幾乎統領一切。即使亞歷山大求助「神豹」的夜間視力，也幾乎無法前進。這是野獸覓食、蛇類和毒蟲出沒的時辰，不過最立即的危險，卻是陷入沼澤、承受被泥淖吞噬的痛苦。

亞歷山大點亮手電筒，檢視四下的環境。他不怕村莊那兒看見他，因為他被茂密的植物層層包圍，但是還是得小心備用電池的儲量。他們深入密林，需要對抗纏繞的根莖和藤蔓，避開水坑，被看不見的障礙絆倒，被叢林內持續不斷的窸窣聲籠罩住。

亞歷山大問：「現在我們該怎麼做？」

「等待黎明，神豹，我們不能在這樣的黑暗中繼續前進。現在幾點鐘？」

男孩察看他的手錶回答：「差不多四點。」

娜迪雅說：「待會兒就會有光線，我們就可以繼續移動。我好餓，我沒辦法吃下晚餐的老鼠。」

亞歷山大笑著說：「如果費爾南多教士在這裡，他一定會說天主必預備。」

他們盡可能使自己舒服地坐在一些蕨類植物上。森林的濕氣弄濕他們的衣服，植物的刺扎痛了他們，蟲子在他們身上爬行；他們感覺到失足誤闖的動物擦身而過，還有翅膀的拍擊，以及大地沉重的呼吸。自從亞馬遜的冒險後，亞歷山大出門旅行不曾不帶打火機，因爲他認爲摩擦石頭並非最快的生火方式。他們想要一個小小的火堆好烘乾身體，以及嚇唬野獸，但遍尋不著乾樹枝，努力了幾回後，只好放棄生火的想法。

娜迪雅說：「這個地方充滿鬼魂。」

亞歷山大問：「妳也相信這個？」

娜迪雅辯詰：「對，但是我不害怕。你還記得瓦利邁的妻子嗎？她是一個友善的鬼魂。」

亞歷山大說：「那是在亞馬遜河流域，我們並不瞭解這裡的鬼魂是哪種特質。基於某些不明所以的理由，這裡的人是怕鬼魂的。」

娜迪雅回應：「如果你企圖要嚇我，那你已經達成目的了。」

亞歷山大用一隻手臂環抱在朋友的肩上，將她推近胸前，試圖給她溫暖和安全感。過去在他們之間這種自然流露的動作，現在卻賦予了新的意義。

娜迪雅告訴他：「瓦利邁最終和他的妻子相聚一起了。」

「他死了？」

「對，現在他們兩人活在同一個世界。」

「妳怎麼知道？」

娜迪雅解釋：「你還記得我在禁地之國，從峭壁摔下、摔斷了肩膀這件事嗎？瓦利邁陪著我直到你、天行和迪巴度回來。當巫師出現在我身旁時，我就知道他是鬼魂，現在他可以遊走在這個世界和另個世界。」

亞歷山大提醒她：「他是一個好朋友，只要你吹口哨呼叫他，他總會現身。」

娜迪雅堅定地說：「如果我需要他，他一定會來，就像他在禁地之國幫我一樣，鬼魂可以旅行到很遠的地方。」

雖然感到害怕和不適，片刻後他們也開始打盹、精神渙散，因爲兩人已經二十四小時都未曾闔眼。自從安琪・林德瑞拉的飛機出了狀況，他們經受了許多情緒的波折。此刻他們完全無知覺自己睡了多久時間，有多少毒蛇和動物摩蹭爬過身上。波羅霸兩手拉他們的頭髮時，他們從驚嚇醒來，不禁驚聲叫起。四下仍是漆黑一片。亞歷山大打亮手電筒，手電筒的光線照亮一張黝黑的面孔，幾乎就在他的臉上方。女孩和他兩人同時放聲大叫，往後倒下。手電筒滾到地上，在男孩找到以前，在地上翻滾了一段時間。這段空檔娜迪雅從驚恐的反應回神過來，她抓緊亞歷山大的手臂，低聲要他鎮定。他們感到一隻龐大的手在暗中摸索，瞬間抓住了亞歷山大的襯衫，那手用巨大的力量搖晃他。年輕人再度點亮手電筒，但是他沒辦法讓光線直接照射到他的攻擊者。在晃動的光影中，他發現是一隻大猩猩。

「『談波喀七』，願幸福與您同在……」

這是亞歷山大會說的第一句，也是唯獨一句禁地之國的問候語，過度的恐慌讓他無法思考。相反地，娜迪雅用猴子的語言問候牠，因爲在還未看清楚之前，牠所散發的熱氣和剛咀嚼過牧草的氣味就讓娜迪雅辨識出是大猩猩。這隻大猩猩就是數天前他們從陷阱救出來的，如同當初在陷阱中，牠抱著緊抓在牠肚子上粗硬毛髮的寶寶。大猩猩用那雙好奇慧黠的眼睛凝視他們。娜迪雅問牠是如何到達那裡，想牠必定在森林穿梭了好幾英里，對這類動物而言，這是很不尋常的。

大猩猩鬆開亞歷山大，把手放在娜迪雅的臉上，輕柔地稍微推了推她，像是撫摸一般。大猩猩笑了，娜迪雅也輕推一下，回報牠的問候，她沒讓大猩猩移動半公分的距離，卻建立了一種對話的方式。大猩猩轉身背朝他們，向前走了幾步，然後又走回來，牠的臉再度靠近他們，發出幾聲柔和的吱吱叫，毫無預警下，輕咬了幾下亞歷山大的一隻耳朵。

亞歷山大緊張地問：「牠想做啥？」

「我們跟著牠走，牠給我們看一些東西。」

毋需走太久，大猩猩猛然跳了幾下，爬上築在樹木枝幹間的一個窩巢。亞歷山大用手電筒照射，煩亂的吱叫合唱回應了他的舉動，他馬上移開燈光。

娜迪雅說：「有不少大猩猩在這棵樹上，應該是一個家庭。」

「這意味著這兒有一隻公猴和許多隻母猴，跟牠們的孩子，公猴可能是很危險的。」

「如果我們的朋友帶我們到這裡，表示我們是受歡迎的。」

亞歷山大非常緊張地說笑：「下一步我們該怎麼做？就現在的情形來看，我可不清楚人類和猩猩之間的禮節。」

他們一動不動地等在樹下好長一段時間，吱叫聲停止。兩個年輕人終究累了，就地坐在大樹的樹根上，波羅霸牢牢緊抱在娜迪雅的胸前，驚駭地發抖。

娜迪雅用肯定的語氣對亞歷山大說：「在這裡我們可以安靜睡上一覺，我們是受到保護的，大猩猩想要回報我們曾經對牠的幫助。」

他質疑：「天鷹，妳相信動物之間也存在這種情感嗎？」

娜迪雅反詰：「爲什麼不？動物跟彼此說話，牠們組成家庭，牠們愛自己的小孩，牠們群居成一個社會，牠們有記憶。波羅霸比大部分我認識的人還聰明。」

「我的小狗笨球卻相反，牠很笨。」

「神豹，世界上的人，也不全都有愛因斯坦的頭腦。」

亞歷山大笑著說：「總而言之，笨球就沒有。」

「但是笨球是你最好的朋友之一，動物之間也有友誼。」

他們像是睡在羽毛床上，深沉地睡去。大型猴科動物在身旁，給他們絕對的安全感，也給予他們不可能有的最好保護。

數個小時過後他們醒來，一時間不知身在何處。亞歷山大看一下錶，才發現已睡過頭，超過原先的計畫，已經是早上七點多了，驕陽的炙熱蒸發地面的潮濕，森林被熱霧所籠罩，像是土耳其浴。他們跳了起來，四下張望了一下。大猩猩的樹一片淨空，有一陣子他們還懷疑前一晚所發生事情的真實性。或許只是一場夢，但是枝幹間有窩巢，還有一些竹子的嫩芽，這是大猩猩最喜歡的食物，竟然放在他們身旁像是貢品，此外，他們還感受到從密林裡有好幾對黑色的眼睛，正凝視他們。大猩猩的存在，是如此靠近、明顯可感知，以至於他們不需親眼看見，就可以知道牠們在監看著。

亞歷山大向牠們告別：「談波咯七！」

娜迪雅用波羅霸的語言說：「謝謝。」

從森林的蓊鬱青綠處，回應一長聲的叫聲和粗吼。

娜迪雅笑著說：「我相信那種吱吱叫是友誼的記號。」

黎明在恩高背的村落以像煙霧的濃厚霧氣宣告來臨，霧氣穿過了大門，穿過了窗戶的裂縫。雖然居屋極度的不舒適，探險成員猶深陷夢鄉，完全未曾察覺皇家的一間宮室差點釀成火災。高頌果沒有太多疼惜，因爲火苗很快被澆熄。那時，正當煙霧飄散出來，國王斗篷上的火已經開始燃燒，這種情形被解讀爲糟透了的壞預兆，火勢擴展到豹皮，像是易燃物被燃起，因此引發了濃煙。這群被囚的外國人直到數小時之後，才知曉這件事情。

透過草稈的屋頂鑽進了初升太陽的幾道光芒，他們藉由曙光檢視周圍的環境，證實他們居住在一間狹長的茅舍，有著深色泥土造的粗糙牆壁。其中一面牆上有去年的月曆，很明顯地是用刀尖釘上去的；在另一面牆，他們看到新約《聖經》的經文和一個粗劣的木十字架。

費爾南多教士感傷地說：「這裡就是修會，我確定。」

凱特問：「您怎麼知道？」

他說：「我一點都不懷疑，您們看這個……」

他從背包拿出一張摺了數摺的紙，小心地延展開來，是一張失蹤的宣教士所繪的鉛筆畫。上頭清楚可見村莊的中央廣場，高頌果的部屬圍繞的聖言之樹、茅舍、畜欄、一座標示爲皇宮的最大的建築，另一座類似的建築是士兵住宿的軍營。畫上標明爲修會的點，正是他們所在之處。

「這裡應該有弟兄們建立的學校和接待病人的地方，附近應該有一處他們耕種的菜園和一口井。」

凱特推論說：「這裡每兩分鐘就下一次雨，是什麼緣故他們需要一口井？這一區的水是過剩了。」

「井不是他們鑿的，早就在那裡的。弟兄提到井的時候是加上引號的，彷彿所指是什麼奇特的東西，我總是覺得特別怪異……」

凱特問：「他們之前在這裡究竟發生了什麼事呢？」

費爾南多教士充滿決心的口吻說：「我無法離開這裡去調查，我需要見到門班貝列指揮官。」

守衛爲他們帶來早餐，一串香蕉和一壺飛滿蒼蠅的牛奶，然後他們又回到入口處站崗，這舉動表示這群外國人不得擅自出門。凱特拔下一根香蕉，轉身要遞給波羅霸時，她才發現，亞歷山大、娜迪雅和小猴兒不在他們當中。

凱特趕忙跟其他成員確認她的孫子和娜迪雅是否都不在茅舍，結果大夥從昨晚就沒見到他們兩人，她頓時驚慌失色。

費爾南多教士沒有把握地提出想法：「或許兩個年輕人出去散步去了……」

凱特瘋了似地衝了出去，門前的守衛攔也攔不住。外頭的村莊已經清醒了，小孩和一些女人四下走動，但看不到男人，因爲男人是不工作的。遠遠地看到昨晚跳舞的女矮人，一些往河邊去汲水，另一些往班度人的茅舍去，或是去耕種。她跑向前詢問年輕人的行蹤，但是無法跟她們溝通，或是她們根本不想回答。她又四處喊叫亞歷山大和娜迪雅，但是到處都不見人影，反倒吵醒了母雞並引起兩個保衛高頌果的士兵注意，他們正要輪值。他們粗魯無禮地捉住她的手臂，將她懸空帶往皇宮的方向。

安琪從遠處看到此一景象：「他們劫走了凱特！」

她在腰上放置左輪手槍，拿起來福步槍，指示其他人跟上。她說，他們不應該像囚犯一樣行動，而應被當成貴賓。全團的人推擠門口的守衛出門，往女作家被帶走的方向前進。

與此同時，捉住凱特的士兵將她放到地上，準備好好痛打一頓，但是還沒時間下手，她的朋友們就用西文、英文和法文高喊阻止他們。外國人傲慢無理的舉動讓士兵錯愕，因爲這裡沒有反抗的習慣。在恩高背只有一條法則：「不可冒犯門班貝列的軍人，如果不小心或錯犯這條規定，必須付出被鞭笞的代價，另一種方式，就是以死爲代價。」

安琪在她朋友的支持下，嚴詞說：「我們要見國王！」費爾南多教士幫忙凱特從地上站起來，因為肋骨劇烈的抽痛，她只能躬曲身體。她自己在身體兩側拍打了幾下，終於恢復正常的呼吸。

此刻他們身處一幢泥造的大茅舍，有碾壓結實的地板，沒有任何等級的家具。牆上有兩個防腐處理過的豹頭，牆角有一個巫毒偶人的祭壇。另一個牆角的紅色天鵝絨毯上，有一台冰箱和一台電視機，象徵富有和現代化，但不具實效，因為恩高背沒有電力。這個居室有兩扇門和幾個小洞，從那裡流洩少許光線。

就在此刻，有聲音傳出，士兵迅速立正站好。外國人轉身朝向大門，入口處進來一個古羅馬鬥士裝扮的男人。他們毫不懷疑來者必是鼎鼎有名的墨利斯•門班貝列。他個子高大魁梧、肌肉發達、有寬大的頸部和肩膀、顴骨突起、嘴唇厚實有型，鼻子被拳擊手打傷，剃個光頭。他們看不見他的眼睛，因為戴著反光玻璃的太陽眼鏡，這使他的外表看起來特別的陰險凶惡。他穿著軍人的長褲和靴子，腰繫黑色皮製的寬腰帶，上身赤裸，金錢豹兄弟會的疤痕和手臂上的豹皮布條閃閃發亮，兩名幾乎跟他一樣高的軍人隨行在側。

一看到指揮官發達有力的肌肉，安琪感到崇拜、欣賞而神情呆滯，瞬間就抹消了她的憤怒，她嬌羞得像個女學生。凱特•寇德瞭解到自己正失去最好的同盟夥伴，她跨前一步。

她說：「至高的門班貝列指揮官。」

那男人沒有回答，他用不可思議的表情專心注視這群外國人，好像他們戴了面具一般。

凱特告知：「指揮官，我們的團隊有兩個夥伴失蹤了。」

軍官以冷凝的沉默接收訊息。

凱特又說：「是兩個年輕人，一個是我孫子亞歷山大，一個是他的朋友娜迪雅。」

「我們想知道他們在那裡。」當安琪從讓她暫時禁聲的愛神之箭回神過來，她接著說。

凱特含糊不清地快語：「他們不可能跑遠，應該還在村莊……」

女作家意識到自己彷彿陷入泥沼裡，她的雙腳已經看不見，聲音開始顫抖，靜謐無聲讓她無法忍受。彷佛無止盡的過了整整一分鐘後，他們終於聽見指揮官堅定的聲音。

「失職的守衛應該懲處。」

這就是全部。他轉過身，從來處離開，後面跟著兩個侍衛以及兩位剛剛惡待凱特的士兵。他們邊笑邊評論地離去。費爾南多教士和安琪掌握了部分的說笑內容：逃走的兩個白人是真正的蠢蛋，他們會死在充滿野獸和鬼魂的森林。

看來沒有人監視他們，也沒有人對他們有興趣，凱特和她的同伴回到被視為住所的茅舍。

「這兩個小伙子憑空消失了！他們總是帶給我麻煩，我發誓要他們補償我！」凱特邊喊叫，邊揪起頭上的銀絲短髮。

費爾南多教士建議她：「女人，不要發誓，我們最好還是祈禱。」

他屈膝開始祈禱，周圍盡是安靜在地板走動的蟑螂。沒有人照著他做，他們忙著做各樣的假設和計畫。

安琪提議，爲今之計就是跟國王協商，請他提供一條小船，這是離開村莊唯一的方式。約耳・岡薩雷茲認爲國王在村莊沒有主導權，而是門班貝列指揮官才有，但指揮官似乎不準備幫忙，因此或許應該認同矮人指引他們的那條小路，那是條只有他們知道的森林秘密通道。凱特不想動身，除非年輕人回來。

仍然下跪的費爾南多教士突然插身過來，展示他剛剛在祈禱時，從其中一個行李袋上發現的一張紙條。凱特一手奪過紙片，靠近一個有光線進入的窗戶。

「這是亞歷山大留下的！」

女作家語氣起伏地讀著她孫子留下的簡短訊息：「娜迪雅和我試圖要幫助矮人，請分散高頌果的注意力。不要擔心，我們很快回來。」

約耳・岡薩雷茲評斷：「這兩個小子瘋了。」

奶奶哀嘆：「他們沒瘋，這是他們的天性。我們能怎麼做呢？」

安琪嚷著：「費爾南多教士，別再說我們祈禱吧！我們應該想些比較實際的行動！」

「小姐，我不知道您將怎麼做。如果是我，我有信心這兩個小子會回來，我們應該把握機會調查那些宣教士的下落。」教士站起身回答，從褲管裡捉出蟑螂來。

第九章　狩獵者

他們在樹林間晃蕩，不知該往何處去。亞歷山大發現一隻水蛭貼在他腳上，因吸血而變得腫脹，他不慌不忙地除去了水蛭。在亞馬遜他已有經驗，現在他不怕水蛭，只是仍然感到反感。繁密的植物叢內，一切看起來都非常相似，根本無法辨識方向。萬綠叢中的森林，僅有的點綴色彩就是蘭花和一溜煙飛過、長滿鮮豔羽毛的小鳥。他們踏上紅色鬆軟的土地，泥土經過雨水的浸泡，造成行進的障礙，任何時刻都可能踏錯腳步。有一些叛逆天性的沼澤，藏身在飄零的落葉所形成的披風之下。他們必須分開藤蔓，有些地方的藤蔓形成真正的簾幕，幫他們避開一些植物銳利的刺。森林不如他們之前所以為的密不透光，樹梢間的亮光，正傾瀉著太陽的光芒。

亞歷山大的手上拿著小刀，準備戳刺第一隻伸手可及的可食動物，但是沒有動物可以滿足他的心願。有一些老鼠在他腳底經過，但牠們的速度太快了。兩個年輕人必須用味道苦澀的不知名水果解飢。只要波羅霸能吃的東西，他們猜想應該不會有害，也仿效著去吃。他們害怕迷路，事實上，他們已經迷路了，他們不曉得該如何回恩高背，也想不出給矮人護符的方法，他們希望矮人能夠碰見他們。

數個小時毫無確定方向的游移，一次比一次更加迷失與焦慮，就在此時猴子突然放聲吱吱叫。猴子有習慣坐在亞歷山大的頭上，將尾巴纏繞在他的頸上，雙手抓著他的兩耳，從那裡可以有比坐在娜迪雅懷裡更好的視線。亞歷山大將牠從頭上驅離，可稍一不留神，波羅霸便再度落到牠最喜愛的地方。牠騎上了亞歷山大的頭上，看到了離他們只有一公尺距離的腳印，但足跡幾乎模糊不清。那些腳印是屬於特大號腳掌的，每一步都是結實的踏壓，因此踩出了一條小徑。年輕人立刻辨識出來，因爲在密契爾・穆撒哈的遠征隊，他們曾經看過。

「這是大象的蹤跡。」亞歷山大充滿希望的說：「如果有一隻曾走過這裡，我肯定矮人應該也會在附近出沒。」

大象已經連著數天被追捕。矮人緊追獵物不捨，使獵物疲於奔波，直到完全疲乏軟弱爲止，接著再誘導獵物自投網羅，逼至走投無路以後，再施以攻擊。這動物僅有的休兵時間，正是貝爺・多構烏和他的同伴轉移精神引導外國人到恩高背村落的時刻。在那個下午和夜晚，大象試圖回到牠的領土，但已相當疲累且精神不濟。狩獵者逼使牠進入陌生的領域，牠拿不準回家之路，不斷在森林繞著圈子。牠的本能提醒牠，攜帶長矛和羅網的人類出現，即是昭告到了生命的盡頭，但是牠繼續奔跑，畢竟還不到喪鐘之刻。

自千年又千年不斷遞嬗以來，大象總得面對狩獵者。在兩者世代遺傳的記憶裡，銘刻狩獵的悲劇儀式在狩獵中，不是你死就是我活。面對危險的緊繃情緒，往往也使得雙方神魂亢奮。一旦達到狩獵儀式的高峰，大自然充滿呼吸聲，森林則是暫時安靜無語，而微風輕顫亂拂，當決定一方命運終結的時刻到來，人類和動物出現相同的心跳頻率。大象是森林之王，是森林最大最重的獸類，沒有其他動物違逆牠，牠是最受尊重的動物。牠唯一的敵人是人類，一種脆弱瘦小的物種，既無利爪也無獠牙，牠們只要一腳就可以壓扁，像踩扁一隻小蜥蜴。亂無道理的是，這小東西如何膽敢站在大象的前面？儘管如此，一旦開始狩獵行動，就沒有時間觀賞這諷刺的場景，獵人和獵物都知道這場舞蹈只能以死亡結束。

狩獵者早在娜迪雅和亞歷山大來到之前許久，便已發現樹木被連根拔起以及植物被踩踏的痕跡。他們已跟蹤大象好幾個小時，他們以完美的合作移動，保持適當的距離，慢慢朝牠靠近。獵物是一隻老邁孤獨的公象，生有兩根巨大的獠牙。狩獵者雖然只是十二名帶著原始武器的矮人，但他們絕不允許大象逃脫。在往日平常的日子裡，女人負責追趕獵物，使之筋疲力竭，然後誘引到陷阱，到達那裡則改由男人負責。

數年以前猶身處自由的年代，他們總是舉行慶典，藉以召喚祖靈的助力，並且感謝動物以死亡獻祭；只是好景不長，自從高頌果強行推動他的恐怖王國，一切都不再一樣，包括狩獵這項矮人族最古老、最基礎的活動，也已經失去原先的神聖特質，轉變成一場屠殺。

亞歷山大和娜迪雅聽到長串的呼吼和接收到大腳踩踏地面的震動。就在那一刻已經開始狩獵行動的最後部分，羅網讓大象寸步難移，長矛開始釘刺在大象的體側。

大象正在憤怒的戰鬥，用剩餘的力量反擊之際，娜迪雅的一聲呼號，中止獵人的動作，長矛兀自高舉在半空中。

娜迪雅重複地說：「不要殺牠！不要殺牠！」

年輕女孩高舉雙手置身在狩獵的男人和動物之間。矮人瞬即從驚訝中回神，企圖推離她，說時遲那時快，亞歷山大跳到一旁。

年輕人邊喊叫邊拿出護符：「夠了，停止動作！」

「伊變巴—阿富阿！」他們驚叫，跪倒在部落的神聖象徵物前面，這個物件有好長時間在高頌果的手中。

亞歷山大瞭解到這根雕刻過的骨頭比它內在的粉末更寶貴，即使裡頭空無一物，矮人也會有相同的反應。這物品從一代的手中傳到另一代的手中，已經延續許多世代，因而被賦予了神奇的魔力。經由亞歷山大和娜迪雅歸還伊變巴—阿富阿，這樣的回報恐怕是相當龐大，沒有人能否定兩個年輕外國人帶回給他們部落的精神支柱。

交出護符以前，亞歷山大跟他們解釋不要殺死大象的原因，只是此時他們已經用羅網擄獲了大象。

年輕人說：「森林裡只剩下非常稀少的大象，不久後有可能絕種，到那時您們該怎麼辦？將不會再有象牙可以贖回您們要當奴隸的小孩。真正的解決之道不在象牙，而是要肅清高頌果，以及採取行動，一次就解放您們的家人。」

他又補充說道，高頌果是平常且普通的男人，如果他的雙足踏地，大地不會因而震動，他的聲音和眼光也不能殺人，他唯一的權能是其他人給予他的。如果沒有人怕他，他的氣勢自然會消滅。

矮人問道：「那麼門班貝列呢？還有那些士兵呢？」

亞歷山大必須承認並未看到指揮官，而且實際上，金錢豹兄弟會的成員看來都非常凶險。他又說：「如果你們有膽識用長矛獵捕大象，同樣也能夠挑戰門班貝列和他的勇士。」

貝爺．多構烏提議：「我們到村莊去，帶著伊變巴—阿富阿和我們的女人，我們一定可以戰勝國王和指揮官！」

他以杜瑪的封號將相關的事告訴同伴，但是他沒有權柄強迫任何事。獵人之間開始討論了起來，這分明是很嚴肅的主題，一會兒卻迸發了哈哈笑聲，亞歷山大認為他的新朋友正在浪費寶貴的光陰。

亞歷山大承諾說：「我們將要先解救您們的女人，這樣她們可以跟我們一起抵抗，我的朋友也會助一臂之力。我肯定我的奶奶會想出一些計謀，她非常聰明的。」

貝爺．多構烏翻譯他所說的話，卻無法說服那些同伴。他們認為這群悲哀的外國人，在戰鬥時根本派不上用場，而老奶奶也並非令人印象深刻的人物，說穿了也只是個毛髮直豎、兩眼癲狂的老太婆。回到他們自身狀態，屈指算算，他們只有長矛和羅網的配備，相形之下，他們的敵人數目眾多又武力雄厚。

娜迪雅企圖勾起他們的記憶：「您們的老婆告訴我，在娜娜—阿桑特女王的時代，矮人族和班度族是朋友。」

貝爺·多構烏說：「確實是的。」

女孩建議他們：「班度人在恩高背也生活得很恐懼，如果他們不遵守命令，門班貝列就折磨他們，殺害他們。如果可能把他們從高頌果和指揮官的手中釋放出來，或許他們會站到我們這一邊。」

貝爺·多構烏又說：「就算班度人可以幫助我們，我們也摧毀了士兵，但是還有松貝，那個巫師。」

亞歷山大高喊：「我們也可以勝過巫師啊！」

然而獵人們強力拒絕挑戰松貝的想法，並且說明巫師所具有的一切駭人的能力：他能吞火，他能在空中和滾燙的炭火上行走，他能變身為蟾蜍，其唾液足可殺人。他們受到比手劃腳的限制，而亞歷山大所瞭解到的巫師，只是會嘔吐的四腳動物，他不覺得有任何特別。

他用過度的自信承諾：「朋友們，不用擔心，由我們來負責對付松貝。」

他交給他們神奇的護符，他的朋友們充滿感激和喜悅的接受，他們等待這一刻已經等了許多年了。

在亞歷山大跟矮人爭執不下時，娜迪雅早已靠近了受傷的大象，企圖用與遠征隊的大象可比習得的語言安撫牠。這隻龐大的野獸力氣幾乎耗竭，身體的側面受到獵人長矛的穿刺受傷、流著血，象鼻拍擊著地面，也流著血。女孩用牠的語言說話的聲音，遠遠地傳來，彷彿睡夢中聽到的聲音。這是大象第一次面對與牠交談的人類，牠不曾想過人類會像牠一樣說話。當牠放鬆心情，聽到了娜迪雅說話的聲音緩慢而堅定，傳過沮喪、苦澀、驚嚇的沉重屏障，直達腦門。慢慢地牠鎮定下來，停止在羅網間的掙扎。片刻後，牠便完全平靜，呼吸沉重，兩眼注視娜迪雅，並且搖動牠的兩扇耳朵。從牠的眼神散逸出害怕的味道，如此強烈的懼怕，使娜迪雅感覺像被打了一巴掌，但她仍繼續說話，她確信牠聽得懂。面對男人們露出的驚異表情，大象也開始回答，很快地他們都不懷疑女孩和動物彼此正在溝通。

「我們來約定一項協議，」娜迪雅向獵人提議：「用伊變巴—阿富阿來交換，您們要饒了大象一命。」

對矮人而言，護符可比象牙珍貴得多，但是他們不知如何在去除羅網時，避開象腿的踩踏，或是不受獠牙的穿刺，因為這象牙本來是要進貢給高頌果的。娜迪雅跟他們保證拔除羅網時不會發生危險。與此同時，亞歷山大為了檢查粗糙象皮上被長矛扎刺的傷痕，已經靠近大象旁邊。

他知會眾人：「大象失血過多，有脫水現象，幾個傷口有感染之虞，我恐怕痛苦而緩慢的死亡正在等著牠。」

於是貝爺．多構烏拿起護符，往大象靠近。從伊變巴—阿富阿的一端拔起一個小瓶蓋，像倒鹽罐一樣傾倒骨頭，此時其他獵人伸手盛接淺綠色的粉末。獵人們跟娜迪雅做了一些手勢，要她執行醫療，因為沒有人敢碰觸大象。娜迪雅跟大象詳細述說傷口將會癒合，當她揣度大象已理解時，便把粉末撒在長矛割刺很深的傷口上。

傷口不若她所期待地神奇癒合，但是幾分鐘後，血流就止住了。大象轉過頭想用鼻子探測背脊，娜迪雅警告牠不可以觸碰傷口。

矮人終於敢去拆除羅網，拆除的工作遠比放置還要來得複雜，無論如何，大象最終獲得了自由。牠曾經聽天由命，幾乎就要跨過生和死的界線，不料，卻魔幻般地獲得自由。牠重重地走了幾步，然後搖晃不穩地拔腿往密林前進。正要隱匿進森林以前的最後時刻，大象回頭轉向娜迪雅，露出不可置信的眼神，高舉起了象鼻發出一聲鳴叫。

亞歷山大問：「牠說什麼？」

娜迪雅翻譯：「只要我們需要幫助，我們可以呼叫牠。」

稍後夜晚再度降臨。這些日子娜迪雅吃得很少，亞歷山大也和她一般感到飢餓。獵人發現水牛的腳印，卻沒有追蹤，因為這些水牛是成群結隊，非常危險。他們說水牛的舌頭粗糙如沙魚皮：牠們可以將一個人舔噬到剝皮見肉，甚至只剩下骨頭的境地。沒有妻子的幫助他們無法獵捕水牛。他們小跑引導兩人到達一片用樹枝和樹葉蓋成的小屋群落，這小村看起來如此貧困簡陋，幾乎讓人懷疑怎麼會是人類居住之所。他們沒有建造比較堅固的居所，是由於他們四處流浪，被迫與家人分隔，一次比一次他們需要到更遠的地方尋找大象。族人什麼都沒擁有，每個人只有他隨身能攜帶的物品。矮人只製造可以在森林活命與狩獵的基本必需品，其他所需物資均靠交換獲得。他們對文明化沒有興趣，其他部落的人便視他們爲猴類。

獵人從地上的洞中取出半隻被土掩蓋的羚羊和昆蟲，那是數天前捕獲的羚羊，吃了一部分後，將剩餘的部分埋進土裡，以免被其他動物奪走。一見到食物仍在原地，大夥兒便開始又唱又跳。娜迪雅和亞歷山大再次證實，雖然矮人受苦過日，他們只要在森林總是快樂的，任何藉口都可以使他們互相揶揄、述說故事和哈哈大笑。羚羊肉散發出惡臭味，色澤也幾乎變綠，幸虧有亞歷山大的打火機，矮人熟練地尋出乾燥的可燃物，就地生起小火堆，把肉拿上火堆烤。他們也興奮地食用孑孓、蟲卵、毛毛蟲和沾黏在腐肉的螞蟻，他們都認爲真是道地的美味，還享受了野生水果、核桃和地上水窪的水，讓晚餐更完整。

「我的奶奶提醒我們髒水會引起霍亂。」亞歷山大邊說邊用雙手掬水飲用，他實在太渴了。

「或許是對你而言，因爲你實在太嬌弱了。」娜迪雅嘲笑他：「但是我是在亞馬遜長大的，我對熱帶疾病有免疫力。」

他們問貝爺・多構烏距離恩高背還有多遠，他無法給予一個明確的答案，因爲他們計算距離的方式是用小時，而且還得視行動速度的快慢而定。步行五個小時的距離等於奔跑兩個小時的距離；此外他們也無法指認方向，因為從未用過羅盤或地圖，他們不知道東西南北的方位。他們靠大自然來辨識方向，他們認得好幾百頃土地上的每一棵樹，他又解釋說，只有他們矮人為所有的樹、植物和動物命名，其餘的人類認為森林只是有一身綠色叢林的制服和許多沼澤。那些士兵和班度人僅止於在村落和河流分支之間的冒險，從那裡他們建立與外界的聯繫和進行走私的交易。

亞歷山大問：「幾乎全世界各地都禁止象牙交易，他們是如何運出這個區域？」

貝爺．多構烏向他說明，門班貝列用金錢賄賂當權者，然後告訴沿著河流、具網狀組織的黨羽。他們把象牙繫在船的下方，讓象牙沉在水裡，因此他們可以在日間完全的光亮中通行。至於鑽石則吞進走私者的胃中，走私者藉著幾湯匙的蜂蜜和木薯布丁幫忙吞食下肚，數天以後，一旦到了較安全的地方，再將鑽石從人體另一端排泄出來，方法雖然噁心，但卻很安全。

這位獵人講述高頌果統治之前的歲月，那是娜娜—阿桑特統治恩高背的時代。那個時代沒有黃金，沒有象牙交易，班度人靠咖啡為生，他們從河流運出拿到城市去賣，矮人則是一年大半的時間都在森林狩獵。班度人種植蔬菜和木薯，以此與矮人交換肉品。他們一起舉行慶典，他們過得一樣貧窮但是至少生活自由。有時候小船會載來城市的東西，但是班度人很少購買，因為他們很窮，矮人則是不感興趣。政府已經遺忘了他們，偶爾會派來一個護士帶著疫苗，或者一個有辦學理想的老師，或是一個跟他們承諾要裝設電力的政府官員。隨即他們就離開了，因爲無法忍受遠離文明的日子，他們染患疾病，幾至瘋狂，唯一能留下的就是門班貝列指揮官和他的隨從。

娜迪雅問：「那些宣教士呢？」

獵人們說：「他們很堅強，也留下來了，只是他們來時，娜娜—阿桑特已經不在了。門班貝列驅逐他們，但是他們沒有離去。他們試圖要幫助我們的部落，後來就消失了。」

亞歷山大指出要點：「就像女王一樣。」

「不，跟女王不一樣……」他們回答，但是不想多做解釋。

第十章　祖靈之村

這是娜迪雅和亞歷山大在森林度過的第一個完整的夜晚。昨晚他們參加了高頌果的宴會，娜迪雅拜訪了受奴役的女矮人，還偷了護符，並在離開村落之前放火燒王宮，因此他們並不感覺夜晚漫長，但今夜卻感到黑夜永無止息。日光很早離去，卻很晚才回到大樹圓頂的下面。他們蜷縮在獵人那令人感傷的避難所，已經超過十個小時了，他們忍耐著潮濕、昆蟲和野生動物的逼近，但是這些沒有一樣使矮人感到不適，他們唯一害怕的就是鬼魂。

黎明第一道曙光驚醒了娜迪雅。亞歷山大和波羅霸早醒著、也飢餓著。烤羚羊只剩下焦黑的骨頭，他們又不敢多吃水果，水果使他們腸胃絞痛。他們決心不想著食物。矮人很快也醒了，他們之間用自己的語言講了很長一段時間的話。正因爲他們沒有共同的領袖，所有決定都需要好幾小時重複討論，然而一旦做成決議，他們會全體實踐，如同一人般行動。娜迪雅有驚人的語言能力，她大略瞭解整個會議的意思，而亞歷山大只能抓取幾個他熟悉的名字，諸如：恩高背、伊變巴—阿富阿、娜娜—阿桑特。激烈的會談終於結束，年輕人也彼此瞭解整個計畫。

數天後，走私者就會來尋找象牙或者矮人的小孩，這意謂他們必須在最多三十六小時的期限內，進攻恩高背。首先他們決定最重要的事是用神聖的護符舉行一個祭典，好祈求祖先和艾禪西的保佑，艾禪西是森林、生和死的偉大精靈。

娜迪雅問：「我們到達恩高背的時候，是不是曾經路過祖靈之村的附近？」

貝爺・多構烏確認此事，事實上，祖靈住的地方是在河流和恩高背之間，與距離他們初臨乍到的地方相距還有好幾小時的腳程。亞歷山大記起當他祖母年輕時，背上揹個背包就走遍全世界，她習慣睡在墳場，那裡最安全，沒有人會在晚上進入，鬼魂的村落也將會是等待攻擊恩高背最適宜的完美地點。那裡離攻擊的對象最近，況且門班貝列和他的士兵絕對不會靠近。

亞歷山大提出意見：「進攻恩高背是非常特別的時刻，也是您們部落最重要的一頁歷史。我認為您們應該在祖靈之村舉行祭典……」

獵人們對於年輕外國人單純的無知感到不可思議，他們問他難道在他的國家都缺乏對祖先的尊敬。亞歷山大不得不承認在美國的社會階級中，祖先只占微不足道的地位。他們向他解釋，祖先的破村子是禁區，沒有任何人類可以進入，擅闖之人無不馬上橫死。如果他們會到那裡，純粹只是為了安置死者。部落裡一旦有人過世，會為他舉行一天一夜的祭典，然後族裡最年長的女人會用破布和樹葉層層包裹遺體，以樹皮纖維做成的繩索，就是用來做羅網的繩索繫上，最後被遣送與祖先在一塊兒安息，迅速靠近祖靈之村，放下屍體後，再以最快的速度跑離該村，繁瑣的獻祭完成，通常在上午、白天十足的光線下進行死者的安放。那是唯一安全的時刻，鬼魂總是在日間睡覺，在夜間活動。如果用合宜的尊敬對待祖先，祖先不會騷擾人類，但只要侮辱了祖先，就得不到原諒。他們怕祖先更甚於諸神，因爲祖先就在附近。

安琪・林德瑞拉曾經告訴過娜迪雅和亞歷山大，在非洲，人類和鬼魂世界存在著一種恆久的關係。

「非洲的眾神比其他國家的神要來得有同情心和同理心。」她告訴他們：「祂們不像天主教的神懲罰人類，祂們沒有設置一個地獄，讓靈魂一輩子在裡面受苦。最嚴酷的懲罰，是讓非洲的靈魂孤獨而迷失方向的漫遊。非洲的神絕不會令祂唯一的兒子死在十字架，只爲了拯救有罪的人類，而且僅此一個象徵就抹消了所有的罪。非洲的神不會用祂的形象創造人類，也不會愛人類，但是至少不對人類囉唆；相反地，鬼魂則是比較危險的，他們有人類相同的缺點，他們是吝嗇的、粗暴的、嫉妒的。爲了使他們平靜不鬧事，需要進貢禮物。他們要的不多：一壺酒、香菸和一隻母雞的血。」

矮人相信他們一定是嚴重地侮辱了祖先，所以才會落入高頌果的手中受苦。然而他們既不知冒犯了什麼，亦不知該如何修正，他們猜想如果撫平了祖先的怒氣，他們的命運將會改變。

亞歷山大持續提議：「我們就去他們的村子，問他們到底冒犯了什麼，他們想從您們這兒得到什麼？」

矮人恐懼地尖叫起來：「他們是鬼魂啊！」

「我和娜迪雅是不怕的，我們要去跟他們談，或許他們會幫助我們。無論怎麼說，您們都是他們的子孫，總是會對您們有一些仁慈，不是嗎？」

原先這個想法是被完完全全地拒絕，但是年輕人一直堅持，經過長時間的討論，獵人同意帶他們到祖靈之村這塊禁地附近。於是，當外國人設法和祖先談判時，獵人可以仍舊躲藏在森林裡，一方面準備武器，一方面舉行祭典。

一行人在森林走了數個小時，儘管娜迪雅和亞歷山大時而覺得好像在相同的地點繞行了好幾次，他們卻放棄任何的提問。獵人踏著信心的腳步前進，總是連跑帶走，不吃不喝，不受疲乏之苦，嘴裡始終叼著只有黑色菸草的竹子菸斗。除了羅網、長矛和飛鏢以外，菸斗是他們僅有的少數世俗擁有物。兩個年輕人跟著他們不時地絆倒，疲累和炎熱使他們頭暈眼花，直到跌在地上，他們拒絕再向前進，他們需要休息和吃點東西。

一個獵人朝一隻猴子發射飛鏢，猴子立刻像石頭般摔落在他們腳前。他們將猴子切塊，剝了皮後就將生肉塞進牙齒。亞歷山大生起了小火堆，將分給他和娜迪雅的肉塊烤一烤，波羅霸用雙手掩面哀鳴，對牠而言，這根本就是食人族的恐怖行爲。娜迪雅爲牠提供竹子的嫩芽，並且耐心說明就他們所處的環境，他們不能拒絕吃肉，但是波羅霸嚇壞了，牠背朝娜迪雅，不准她碰。

娜迪雅說：「這就彷彿是一群猴子在我們面前狼吞虎嚥一個人一樣。」

亞歷山大爭辯說：「天鷹，事實上這就是我們人類粗暴的一面，不過，如果我們不進食，我們就無法繼續前進。」

貝爺・多構烏向眾人解釋下一步想做的事。他們要在次日下午將盡，高頌果等待定額的象牙送來時，出現在恩高背。無疑地，看到他們兩手空空，他必會大動肝火。到時一些人要用藉口和承諾的話語分散國王的注意力，另一些人就趁機打開關女囚犯的柵欄和準備帶來的武器。他們說，他們將爲生存而戰，將爲贖回他們的小孩而戰。

娜迪雅補充說：「我覺得這是非常勇敢的決定，但是實踐上不夠周全。一切將以一場殺戮告終，別忘了那些士兵都擁有槍枝。」

亞歷山大強調：「都是一些老舊不堪的槍枝。」

娜迪雅堅持著：「沒錯，一樣可以從遠處射殺，卻不能用長矛跟軍火戰鬥。」

「這樣一來，我們就需要槍火彈藥來攻佔村落。」

「不可能的，子彈都繫在士兵的腰帶上，軍火武器也隨身攜帶，我們如何能夠拿到槍枝使用呢？」

亞歷山大提議道：「天鷹，我對這個一竅不通，但是奶奶曾經參加過無數次的戰役，她在中美洲跟一些戰士生活過好幾個月。我確定她知道該怎麼做。我們要在矮人到達以前，先回到恩高背準備就緒。」

娜迪雅問：「我們要怎麼回去，才不會讓士兵看到我們？」

「我們在晚上出發，我清楚恩高背到祖靈之村的距離很短。」

「神豹，爲什麼你堅持要去禁地呢？」

「有人說信心可以移山。天鷹，如果我們說服矮人相信，他們的祖先會保佑他們，他們就會感到戰無不勝。除此之外，他們還有伊變巴—阿富阿，護符也會給他們勇氣。」

「如果祖靈不想幫忙呢？」

「天鷹，祖靈是不存在的！祖靈之村只是一個墓園。我們會在那邊平靜地度過好幾個小時，然後我們出來告訴我們的朋友，就說祖靈承諾我們會在抵抗門班貝列的戰役幫助他們，這是我的計畫。」

娜迪雅說：「我不喜歡你的計畫，只要有欺騙，事情都不會有好結果……」

「還是你比較喜歡我一個人去。」

娜迪雅下決心說：「你知道的，我們是不能分開的，我跟你一塊去。」

被染血的巫毒偶像標誌之地，是他們到達之前見過的，這片森林還有光線透進來。矮人拒絕深入這個方向，他們不能踩上飢餓的鬼魂領土。

亞歷山大論斷說：「我不相信鬼魂遭受飢餓之苦，可想而知的，他們沒有胃。」

貝爺‧多構烏指著附近堆積如山的垃圾。他的族人舉行動物的獻祭，將水果、蜂蜜、核桃和酒的祭品擺在偶像的腳前。到了晚上大部分的祭品消失不見，被貪婪的鬼魂吞進肚裡。多虧這些祭品，他們才能生活平和，因爲只要鬼魂如他們要求的被餵食，他們就不會攻擊人類。年輕人暗示極有可能是老鼠吃了祭品，但是矮人感到受辱，否定了他這方面的聯想。運送遺體到祖靈之村入口的老太太，在遺體下葬時，可以證明食物確實被拖到那裡。有時候，她們還會聽到令人毛骨悚然的幾聲尖叫，令人畏懼的聲音足以使頭髮在短短幾小時內變白。

亞歷山大說：「我、娜迪雅和波羅霸要去那裡，不過需要有一個人在這裡等我們，好在黎明以前領我們到恩高背。」

矮人覺得他們想在墓園過夜的想法，更確切地證實這兩名外國年輕人的頭腦有問題，但是又勸阻不了，只好接受他們的決定。貝爺・多構烏為他們指示路徑，並用極為感傷和悲泣的表情道別，因為他相信將不再會見到他們，不過他還是禮貌性地同意，會在巫毒教的祭壇等候他們，直到次晨太陽露出時刻。其他人也紛紛告別，讚嘆這兩個外國青年的勇氣。

在貪婪的叢林裡，引起娜迪雅和亞歷山大注意的是那裡只有大象留下的清晰蹤跡，腳印形成了通往墓園的小路，這意味著有人常常使用這條路。

娜迪雅喃喃說道：「祖先從這裡走過……」

亞歷山大反駁：「天鷹，如果祖先真的存在，他們不會留下腳印的，他們不需要一條路。」

「你怎麼知道？」

「這是邏輯問題。」

娜迪雅嚴謹地說：「矮人和班度人沒有任何接近此地的動機，門班貝列的士兵比他們更是迷信，更不用說會進入森林了。那麼你告訴我是誰闢出了這條小徑？」

「我不知道，不過我們可以調查。」

約莫半個小時的步行，他們來到了森林的明亮處，對面是一道又厚又高的牆，是用石頭、樹幹、草稈和泥土做成的。牆的外緣高掛著動物被解剖的頭，骷髏頭、骨頭、面具、木雕的形體、陶罐和護符。他們沒看到有任何的門，但發現一個圓形的洞口，直徑大約是八十公分，開在某個高度上。

亞歷山大說：「我認爲老太婆把帶來的屍體往這個洞口仍進去，洞口的另一邊應該會有骨頭形成的大池。」

娜迪雅的身高搆不到開口，但是他比較高，可以看向裡面。

她問：「裡面有什麼？」

「我看不清楚，我們派波羅霸進去調查。」

娜迪雅下決定說：「你是怎麼回事！波羅霸不能單獨行動。要不，我們就一起進去，要不，就誰也不要進去。」

亞歷山大說：「妳在這裡等我，我一下就回來。」

「我寧願跟你一起去。」

亞歷山大計算了一下，如果從洞口鑽進去，頭會先著地。他不清楚另一邊有什麼東西，最好還是爬牆，對他而言，這是小孩子的遊戲，那是他從攀越大山得來的經驗。不規則的牆面很容易攀爬，因此不消兩分鐘，他已經跨坐在高牆上，娜迪雅和波羅霸在底下緊張地守候著。

亞歷山大說：「這像是一個被棄置的破村子，看似相當古老，我不曾在其他地方見過類似的村子。」

娜迪雅問：「有骷髏嗎？」

「沒有，看起來很乾淨、空蕩，或許不如我們原先想的，他們把屍體丟到洞口……」

娜迪雅靠著朋友的幫助也跳到了牆的另一邊，波羅霸猶有遲疑，但是孤單留下的恐懼感迫使牠跟著她，牠從不跟女主人分開。

祖靈之村給人的第一印象，彷彿是一整套的泥土和石頭爐灶，完美對稱地坐落在正中心的圓圈裡。每一個圓形建築物有一個當成門的洞孔，用布塊或是樹的纖維遮蓋。沒有雕像、木偶，也沒有護符。在此領域，生命好像因為高牆而停止。這裡沒有熱帶叢林延伸進來，氣溫也大不相同。一種無法解釋的寧靜統御整個區域，既聽不到森林裡猴子和小鳥的喧鬧、也沒有雨水滴答的節奏，更不用說樹葉間微風吹拂的呢喃，這是一種絕對的靜謐。

亞歷山大指著房舍，做出決定：「都是些墳墓，裡面應該會有死者的屍體，我們去查清楚。」

他們掀起一些遮蔽入口的簾幕，看到裡面有其他的人類被整齊排放，像一座金字塔。那些人體是乾癟、脆薄的骷髏，或許被放在那裡有好幾百年了。有些小房舍堆滿骨頭，其他的堆了一半的骨頭，還有一些完全淨空。

亞歷山大觀察後，戰慄著說：「多麼陰森恐怖的東西！」

娜迪雅問：「我不明白，神豹，如果沒有人進到這裡，如何能保持這麼整齊和乾淨？」
她的朋友坦承：「這的確是奧秘極了。」

第十一章　遇見精靈

通常會在熱帶叢林綠色穹蒼下出現的微弱光線已開始減弱。他們已經離開恩高背兩天，只有在某些時刻，兩名好友才可以從樹頂的細縫看到天空。墓園是在森林最明亮的地方，他們可以看到頭頂上一方的天空，天色漸漸轉爲深暗的藍色。他們坐在兩個墳墓之間，準備度過幾個小時的孤寂。

亞歷山大和娜迪雅相互認識輾轉過了三年，他們的友誼成長爲一棵大樹，更臻至人生最重要的一部分。起初童稚的情誼，在長大成熟的半途已有所變革，但他們從不談論此事，也缺乏字彙描述那細緻的情感，他們害怕一旦試圖說出，像是玻璃般的感情隨即破裂。用字彙表達他們的關係，意思就是定義關係，在關係上劃界線會削弱真誠，如果沒有表白，他們的關係將持續是自由和純淨的。在一片寂靜中，他們的友誼已經微妙地膨脹擴大，他們自己卻未察覺。

最近的一段時間，亞歷山大承受比任何時間都還強烈的青少年賀爾蒙作祟，大部分的男孩比他還早就受到痛苦，他的身體好像他的敵人，不留給他片刻安寧。他在學校的成績明顯下降，他不再彈奏樂器，也不和父親去爬山，這些都是過去最基本的生活方式，現在做這些事卻讓他感到索然無味。他飽嘗自己衝動而出的壞脾氣，不時跟家人吵架，之後，又非常後悔，不知道該如何心平氣和。他變成一個笨拙的人，捲入矛盾的情緒糾葛。往往只需幾分鐘的時間，他的心情可以從極度壓抑到異常興奮，情緒的起伏是如此極端，以至於好幾次嚴肅地問自己是否值得繼續活下去。當悲觀情緒湧現，他會認爲世界只是一場災難，大部分的人類都是愚昧無知的。雖然他閱讀過相關書籍，也在學校跟同儕深刻地討論過，然而所受的痛苦，卻像是一種不可告人的疾病。「不用擔心，我們所有人都經歷過這同樣的事情，」父親安慰他，說得像是傷風感冒之類的疾病。不久後他滿十八歲，情形卻沒有好轉。亞歷山大幾乎無法跟父母溝通，他們快把他逼瘋了，他們是另一個世代的人，他們所說的話聽起來像原始人的語言。他知道父母是無條件地愛著他，他也非常感謝他們，但還是覺得他們不懂他的心。只有娜迪雅可以與他分享心事。他跟她用密碼語言所寫的電子郵件，可以述盡他所發生的事情卻不害羞，但是面對面的時候，他從來沒如此做。她接受他原來的樣子，從不評斷他。她在閱讀信件時，從不發表意見，事實上，她不知道該如何回應，她的不安是不一樣的。

亞歷山大想到自己耽溺女色的幻想，實在是很荒唐可笑，但卻無法逃避。一個字、一個動作、一個碰觸都足以使他腦中充滿影像，心靈充滿慾望。最好的緩和劑就是運動：冬天和夏天他到太平洋衝浪。撞擊冰冷的海水和飛越浪頭的神奇感受，都還回了他童年的天真和喜悅，但是這樣的精神狀態維持不久。相反地，跟奶奶的旅行，卻可以轉移注意力達數星期之久。在奶奶面前，他得以控制情緒，這點給予了他盼望，或許他父親有理，青春期的瘋狂只是過客。

為了開始旅行而在紐約相遇，亞歷山大雖然完全去除了他浪漫和情色的幻想，卻還是用新的眼光看待娜迪雅。他不能把她當成慾望的對象，她就像是他的親姊妹：一種令人嫉妒和單純的親暱連結著她。他的角色是保護她不受傷害，特別是其他的男孩對她的傷害。娜迪雅是美麗的，至少他這樣認為，早晚會有一群愛慕者環繞在她四周。單單只是出現這個想法就會使他抓狂，他絕不允許那些無賴漢靠近她。他開始注意起娜迪雅的體態、可愛的手勢動作和臉孔露出的專注表情。他喜愛她有色人種的特質，金褐色的頭髮、棕色的皮膚和榛果的雙瞳；只需黃色和棕色的調色盤就可以畫出她的肖像。她是不同於他的，因此令他好奇：她削瘦的體格，隱藏著極度堅強的個性，她沉靜的專注力，有著與生俱來的協調。她過去一直是很保守的，現在他覺得她是神秘的。他喜歡跟她靠得很近，情不自禁地觸摸她，結果他發現遠距離比較容易溝通，因為兩人在一起時，他會變得糊塗，不知道該對她說什麼，該從何處插入他的話語，他感到有時候他的雙手很沉、雙腳很大、音調很跛扈。

在矮人古老的墓園裡，他們坐在黑暗中，圍繞著墳墓。亞歷山大感受到這位女性朋友的貼近，他懷著幾乎是痛楚的情緒強度。他愛她超過世界上任何人，超過他的父母和所有同夥的朋友，他害怕失去她。

爲了找話說，他問：「妳覺得紐約如何？妳喜歡跟我奶奶住嗎？」

「你奶奶把我當公主一樣照顧，可是我好想念我的父親。」

「天鷹，不要再回去亞馬遜，那裡太遠了，我們聯絡會不方便的。」

她說：「那你跟我一道去。」

「我會跟妳到妳想去的地方，但是我需要先學習醫學。」

娜迪雅問：「你奶奶告訴我，你正在寫我們在亞馬遜和金龍王國的冒險經歷，你也會寫矮人的故事嗎？」

亞歷山大解釋道：「天鷹，都只是一些筆記。我不想成爲作家，而是想當醫生。看到母親生病，我就產生了這個念頭，看到了喇嘛天行用針灸和祈禱治癒妳的肩膀，當下我更下定決心要成爲一名醫生。我知道科學和科技的醫療仍然是不夠的，還有其他同等重要的東西。但是我認爲家醫科，就是我想從事的醫生類別。」

娜迪雅跟他保證：「你還記得巫師瓦利邁對你說的話嗎？他說你有醫病的能力，你要善用它，我相信你會是全世界最好的醫生。」

「那妳呢？學校畢業以後，妳想做什麼？」

「我要去學動物的語言。」

亞歷山大笑著說：「沒有學習動物語言的補習班。」

「那麼我就創立第一所。」

亞歷山大提議說：「我們一起旅行將會是完美的組合，我是醫生，妳是語言學家。」

娜迪雅回答：「恐怕還得等到我們結婚的時候。」

這話懸宕停留在半空中，像旗幟似地明晰可辨。亞歷山大感覺血液充塞整個體內，心臟在胸膛猛烈跳動。他太驚訝了，以至於無法回話。他怎麼從沒這樣的想法呢？他曾經跟賽西麗雅・伯恩斯談過戀愛，她們兩個女生毫無任何相似處。那一年，他對她窮追不捨，堅強地忍耐她的冷淡和任性。即使他們同齡，正當他的舉止還像個小男孩時，賽西麗雅・伯恩斯已經轉變成不折不扣的女人。她是非常吸引人的女人，亞歷山大失去了吸引她注意的希望。賽西麗雅嚮往成爲女演員，戀慕電影圈的英俊小生，只要年滿十八歲，她便要照計畫前往好萊塢碰運氣。娜迪雅剛剛的一席話，爲他揭露了另一條地平線，一條直到此時他都不曾眺望過的地平線。

他大叫：「我是大笨蛋！」

「你是什麼意思？難道我們不會結婚嗎？」

亞歷山大結結巴巴：「我……」

她嚴肅地提議：「喂，神豹，我們不知道是否能活著離開這個森林，正因爲我們的時間也許不多了，我們要說出真心話。」

他耳朵發燙地回答：「天鷹，我們當然會結婚啊！絕沒半點懷疑。」

她聳聳肩膀說道：「好吧！就差幾年我們就可以結婚了。」

好長一段時間，他們都沒有再說什麼。一卡車的念頭和互相矛盾的感情湧進亞歷山大的腦中，他害怕在日間明亮的光線下再看到娜迪雅，會有吻她的衝動。他確定他過去從來不敢這麼做……靜謐無聲讓他無法忍受。

半小時後，娜迪雅問：「神豹，你會害怕嗎？」

亞歷山大沒有回答，他在想她一定在猜測他的意念，她是指他被點醒後所面對新的恐懼，他因此發愣了好一會兒。直到第二個問題，他才瞭解她目前談的是比較迫切和具體的事。

「明天我們就要面對高頌果和門班貝列，或許還有松貝巫師……我們該怎麼做？」

「看著辦吧，天鷹！如同我祖母說的：不應該感到恐懼害怕。」

感謝她轉移了話題，他決心不再回頭談論愛情，至少直到他回到加州以前，也就是跟她在寬廣的美洲大陸分隔兩地以前。透過電子郵件談情說愛，應該是比較容易一點，這樣她才看不到他發紅的雙耳。

亞歷山大說：「我希望天鷹和神豹會來幫我們。」

娜迪雅總結說：「這次我們需要比這更多的幫助。」

不遠處似乎傳來一聲呼喚，他們同時感覺到輕輕的腳步聲與他們相會。亞歷山大一手拿起小刀，一手點亮手電筒，那時一個驚悚的身影出現在他們面前的那一束光中。嚇呆了的他們看到三公尺遠的距離，有一個老巫婆，身體裹著破爛衣服，一大叢蓬鬆凌亂的白髮，削瘦的體型像是一副骨架子。他們兩人馬上想到，一個女鬼，不過亞歷山大隨即理性思考，應該還有其他可能的解釋。

他一跳站了起來，用英文大喊：「是誰在這裡？」安靜無聲。年輕人重複問題，再次用手電筒照射。娜迪雅混合法文和班度語提問：「您是精靈嗎？」來者用聽不懂的咕噥回答，向後倒退，光線讓她視線不明。娜迪雅高喊：「似乎是個老太太！」

終於他們清楚明白這個被誤認爲是女鬼的人就是：娜娜—阿桑特。

娜迪雅問：「娜娜—阿桑特？恩高背的女王？妳是活著，還是死了？」

很快地疑雲釋清了，不管是她的軀體或是靈魂都是前任女王，那位無故消失、表面上看來是被篡奪王位的高頌果所殺的女王，已是老女人，躲藏在墓園好幾年了，她靠獵人給祖先的祭品維生。她也是在該地打掃清潔的人，從牆洞丟進來的屍體，她將其安置在墳墓裡。她向他們說，她並非孤單一人，而是有來自祖靈溫馨的陪伴，她等候不久的將來，就可以名副其實地跟他們相聚一處，因爲她早已厭倦肉體的棲身。她述說著，過去她是一名「恩崗嘎」，也就是當她陷入昏睡時，成爲遊走在精靈世界的女巫醫。她在祭典儀式就看過祖靈，他們令她恐懼，但是自從住進了墓園，她的心已經不再畏懼祖靈。現在祖靈都是她的朋友。

亞歷山大低聲對娜迪雅說：「可憐的女人，她應該是瘋了。」

娜娜—阿桑特並沒發瘋，相反地，這幾年的隱居生活，給予她超凡的清晰思路。所有在恩高背發生的大小事她都瞭若指掌，她知道高頌果和他的二十個老婆，知道門班貝列和他的十名金錢豹弟兄會的士兵，知道松貝巫師和他的惡習。她知道村莊的班度人不敢違抗上面三個人，因爲只要有一點違逆的徵兆，他們就要付出被嚴刑拷打的代價。她知道矮人成了奴隸，高頌果奪取了他們的神聖護符；如果交不出象牙，門班貝列便賣掉他們的小孩。她也知道有一群外國人爲了尋找宣教士，已經到達恩高背，其中最年輕的兩名逃離了恩高背，前來拜會她，而她正等著他們。

亞歷山大驚叫：「您怎麼知道這些？」

娜娜—阿桑特說：「祖靈告訴我的，他們知道許多事。他們不僅夜間出門，這是一般人所以爲的，他們也在白天出門。他們和其他大自然的精靈同行，在這邊或那邊閒晃，在活人和死人間遊走，還知道你們想求助於他們。」

娜迪雅問：「他們接受幫助後代子孫的要求嗎？」

女王指示：「我不清楚，你們應該自己跟他們談。」

一個光芒四射、又黃又圓的大月亮出現在森林的空曠處。在月亮出來的這段時間，墓園發生了一件神奇的事，亞歷山大和娜迪雅在未來的年歲回憶起，總感到這是他們生命中的一次關鍵時刻。

特異事件發生的第一個徵兆是，這對年輕男女能在黑夜看得非常清楚，整個墓園明亮如採光十足的體育場。自從來到非洲，這是第一次亞歷山大和娜迪雅感到寒冷。他們邊打哆嗦，邊互相擁抱，藉以取暖打氣。漸次增長的蜜蜂低鳴聲在空中散播，兩個年輕人露出驚異的雙眼，在他們面前，墓園充滿了半透明的物體，精靈圍繞著他們。他們是不可能被描述的，因爲缺乏明確的形狀，像是遊蕩的人類，瞬即又變成爲如畫的煙縷，他們既非赤裸，亦無著衣；他們沒有顏色，卻閃閃發亮。

來自昆蟲、振動聽覺的強烈嗡嗡作響是有意義的，那是他們可以明白的世界語言，近似於心電感應。他們不需要用語句對鬼魂解釋什麼、訴說什麼和祈求什麼。這些大氣的形體知道所有發生的事，也知道未來將發生的事，因爲在他們的空間沒有時間。在大氣裡，有死亡的祖先靈魂，也有等待出世的人類靈魂，有永遠是精靈狀態的靈魂，還有爲了在地球上或是其他星球、此地或他方，獲得軀體的靈魂清單。

兩個好友瞬即瞭解到精靈很少涉入物質世界的事件，但是偶爾他們會透過動物的直覺，幫助動物；透過人類的想像力、夢、創造力和神秘或屬靈的啓示來幫助人類。人類大部分的時刻與屬靈世界是斷訊的，對徵兆、巧合、預兆和日常生活微小的神奇經驗是未察覺的，這些都是超自然界的表徵。他們發現精靈不像他們所聽說的，會挑起疾病、不幸或死亡的爭端；所有的受苦都是起因於存活者的作惡和無知，他們也不會摧毀那些施暴於他們的統治者和冒犯他們的人。獻祭、禮物和祈禱都傳不到他們那裡，其唯一的作用是讓獻禮的人安心。

與精靈無聲的對話，持續了一段無法數算的奇妙時間。亮光逐漸加強，因此整個地域開啓了最大的範圍。爲了進入墓園攀爬而上的高牆已消散，他們正在森林的中心，雖然是相同的地方，卻不似原先所在之處。沒有一樣是相同的，這裡散放一種絢爛奪目的能量。樹木不再是整團密集的植物林形式，現在每棵樹有它自己的特性、自己的名字、自己的記憶。那些較高大的樹正在訴說它們的歷史，它們的種籽已經發芽長成其他較年輕的樹。那些老邁的植物爲了滋養大地，展現速死的意圖；那些新生的植物伸展它們稚嫩的芽苞，牢牢抓住生命。大自然持續不斷的呢喃，是各類物種之間難以捉摸的溝通形式。

數以百計的動物圍繞兩人，有些還是他們不曾認識的：類似小型長頸鹿的長脖子獾㹢㹢、香獐、麝香貓、貓鼬、飛鼠、黃金貓、斑羚羊、覆蓋鱗片的一窩螞蟻，以及攀登樹上的猴群，猴群像孩子般在那一晚的魔幻之光中閒聊。他們面前魚貫出場的還有豹、鱷魚、犀牛和其他野獸，牠們呈現和諧的氣氛。千奇百怪的飛鳥，鳴叫之聲充滿了大氣，四散飛逸的羽毛照亮了黑夜。成千的昆蟲在微風中漫舞，有色彩繽紛的蝴蝶、燐光閃閃的金龜子、喧鬧的蟋蟀、脆弱的螢火蟲。地上擠滿爬蟲類，蝰蛇、烏龜和大型蜥蜴，這些蜥蜴是恐龍的後代子孫，牠們正用三層眼皮的眼睛瞪視年輕人。

他們來到精靈森林的中央，成千上萬的植物和動物的靈魂圍繞他們。亞歷山大和娜迪雅的心靈重新開展，他們接收到各物種靈魂的聯繫，靠著流動的能量，靠著精妙的網絡，將全宇宙交織一起；連結的網絡好比絲綢般細緻，好似鋼鐵般堅固。他們瞭解到沒有事物是遺世而獨立，每件事的發生，從人的思考到大自然的颱風，都會影響其他的人事物。他們感受到大地的震動和活力，龐大的有機體在大地的搖籃裡搖動：花草、動物、高山、河流、平原的風、火山的岩漿和高山頂上的積雪。大地之母是另一些更大的有機體部分，連結著浩大穹蒼的無垠星體。

兩個年輕人眼前所見的是無法遏止的循環，生、死、蛻變和再生，好比一幅精采絕倫的繪畫，畫中的所有景致同時發生，沒有過去、現在或是未來，現在是從過去到永遠。

最後，在神奇冒險的最終站，他們領悟到不可勝數的靈魂，或者說，宇宙所有的靈魂，是唯一一位精靈的粒子，就好比同一海洋裡的水滴，一個單獨的精靈本體鼓舞者所有的存在之物。所有存在之物沒有分割，生和死也沒有邊界。

娜迪雅和亞歷山大在令人無法置信的旅程中，完全不害怕。起初，他們認為自己在夢中騰雲駕霧，感到深沉的平靜，後來，由於精靈的朝聖之旅拓展了他們的意識和想像，平靜轉為異常的喜悅，一種不可阻擋的快樂，一種強大能量和力氣的知覺。

月娘繼續她在穹蒼的散步，繼而便消失在森林裡。鬼魂的靈光在該地維持了數分鐘，蜜蜂的嗡嗡叫和氣溫的冷冽則漸轉微弱。兩個好友從昏睡中驚醒，發現他們睡在墳墓之間，波羅霸掛在娜迪雅的腰上。好一會兒，他們不說話也不移動，沉浸在剛剛的愉悅裡。最後他們彼此對視，既愕然又懷疑他們所經歷的一切，就在這時，他們面前出現了娜娜—阿桑特女王的身影，女王確定他們所經歷的不單單是幻覺。

女王全身發亮，從她體內有一道強光射出。兩個年輕人看到她的本相，而非一開始出現時的樣子，那個瘦骨嶙峋、一身破衫、窮酸的老太婆。她現在的現身令人肅然起敬，那是一位真正的森林女騎士、古老的女王。由於這幾年生活在死人間的冥想和孤獨，娜娜—阿桑特已經成了個智者，她已經從恨惡和貪婪中潔淨她的心，她現在無欲無求、沒有不安，也沒有恐懼。她是勇敢的，因爲她不緊抓生命；她是強壯的，因爲憐憫之心鼓舞她；她是公正的，因爲憑直覺知道真理；她是無敵的，因爲有一隊精靈軍隊支持她。

娜迪雅請求：「恩高背陷在水深火熱之中。您過去的統治階段，恩高背擁有和平，而班度人和矮人都懷念那段時光。請您跟我們來吧！娜娜—阿桑特，請您來幫助我們。」

「我們走吧！」女王毫不遲疑地回答，似乎多年的準備就爲了這一刻。

第十二章　恐怖王國

娜迪雅和亞歷山大在森林度過的那幾天，一連串戲劇性的事件在恩高背的村莊爆發。凱特、安琪、費爾南多教士和約耳・岡薩雷茲都不曾再見到高頌果，轉而代之的是得跟門班貝列溝通，整體來說，門班貝列比國王更令人害怕。指揮官知曉兩名囚犯失蹤後，他只憂心該如何懲處失職的守衛，卻對兩個年輕人失去聯絡後的命運不甚關心，他不曾有半點尋找他們的想法，所以當凱特・寇德提出協助前往尋人的要求時，他一口就回絕了。

門班貝列說：「他們已經死了，我才不會將時間浪費在他們身上。沒有人可以在夜晚的森林裡活命，除了矮人，但他們不算是人。」

凱特嚴峻地回說：「那麼請您派遣幾名矮人陪我去找他們。」

門班貝列一向是不回答問題，更別說是請求了，因此沒有人膽敢跟他提出任何建議。這個外國老太婆厚顏無恥的行徑，固然引發他怒氣，卻也讓他更加手足無措，他不敢相信有人竟能如此蠻橫無理。他保持一貫的沉默，透過陰險黯沉的鏡片瞪視老太婆，汗水在此時汩汩流過他的禿頭和紋有儀典疤痕的裸臂。大家正待在他的「辦公室」，這裡也是女作家之前被士兵揪過來的地方。

門班貝列的「辦公室」是一間牢房，牆角有張雜亂不堪的鐵桌子和兩張椅子。令人不寒而慄的牢房裡，凱特看到嚴刑拷打的刑具，乾涸如血跡般的深暗斑點沾染整片塗上石灰的土牆，指揮官與他們在此會見的居心，無疑地是要恫嚇她，看來他的目的已經達成，但是凱特並不準備示弱。她僅僅可以用她的美國護照和記者身分來保護自己，可惜一點用處也沒有，因爲門班貝列已經接收到她內在的恐懼。

她發覺這位軍官不同於高頌果，他根本不在乎她之前會見國王時所編造的故事；這位軍官肯定是懷疑他們出現在這裡真正的原因，應該是要探索失蹤宣教士的命運。雖然這群人已落入門班貝列的手掌心，但他也必須算計貿然對他們施以殘暴的危險性，畢竟外國人是不能惡意相待的，對於此點，凱特有過於樂觀的推論。或許軍官和他的走狗有權控制恩高背這個地方，並且惡毒對付他們所以爲的可憐魔鬼；但是對外國人會有非常不同的作法，尤其是白人。他將不會同意當權者的調查，指揮官必須盡早釋放他們，如果他們調查越多，他唯一的選擇就是殺死他們。他知道娜迪雅和亞歷山大不回來，這群人就不會輕易離去，如此會讓整件事情更複雜。凱特作出結論，他們得非常小心行事，對指揮官而言，最好的解決之道就是他的賓客遭受到一場被精心設計過的意外。只是，未曾浮現在女作家心頭上的想法是，除非他們當中有人在恩高背這個地方得到相當的重視才行。

一段長時間的對話結束後，門班貝列問道：「你們當中的另外一個女人叫什麼名字？」

「安琪，安琪・林德瑞拉。我們是搭她的飛機，但是……」

「高頌果國王準備要納她爲妾。」

凱特赫然覺得兩膝發軟，這豈非昨天下午開的玩笑，現在卻應驗爲不幸的事實，或許應該說是危險的事實。安琪會怎麼回覆高頌果的意願呢？照他們留給祖母的紙條，娜迪雅和亞歷山大應該很快就會出現。在前面幾次的旅行中，也曾出現過兩次因這小孩而引發的絕望時刻，那兩次危機兩個人均平安獲救。她需要對他們有信心。此刻最急迫的應該是集合全團的人，然後思考如何返回文明的方法。靈光一閃，凱特想到國王對安琪的興趣，至少能夠爲他們贏取多一點的時間。

凱特一回神，便問道：「您想要直接跟安琪溝通國王的請求嗎？」

「這是命令，不是請求。你去跟她說，明天比賽舉行的時候，我會見她。那段時間，允許你們在村子裡四下走走，但是禁止接近國王的皇宮、畜欄或是水井。」

指揮官作了一個手勢，在門口守衛的士兵立刻抓起凱特的一隻胳膊，將她帶走。外頭的陽光一時間弄花了老作家的眼睛。

凱特將她的朋友集合一處，告知國王將收安琪爲寵妃的訊息，正如原初所料，安琪對此事相當不滿。

她生氣地狂吼：「永遠都別想要我成爲高頌果那一群女人中的一個！」

「當然不，安琪，妳只需要善待國王兩、三天，然後……」

安琪嘆氣道：「一分鐘都免談！當然，如果高頌果換作是指揮官……」

凱特打斷她的話：「門班貝列是個禽獸！」

「凱特，我是說著玩的。我不會試圖對高頌果溫柔的，也不會對門班貝列溫柔，我對任何人都不會。我會努力儘快離開這個地獄，修好飛機，然後逃到這些罪犯抓不到我的地方。」

費爾南多教士添上話說：「如同寇德女士的建議，您只要分散國王的注意力，我們就能贏得一些時間。」

「您怎麼也這樣說？看著我！我的衣服又髒又濕，我的唇膏搞丟了，我的髮型根本就是一場災難。我像極了一隻箭豬！」安琪邊回答，邊指著她那一頭橫七豎八的髒髮。

「村莊的人充滿恐懼。」宣教士插話想改變話題，說：「沒有人想要回答我的問題，但我已經彙集一些材料。我知道我的同伴曾經待在這裡，他們失蹤數月之久，他們不可能到其他地方，最有可能的就是他們殉道了。」

凱特問：「你的意思是說他們被殺了？」

「沒錯。我相信他們是爲基督犧牲生命的，我祈求他們至少不要受太多苦……」

「費爾南多教士，我是真心希望您節哀順變。」頃刻間安琪變得嚴肅和傷感，說：「請原諒我的輕浮和壞脾氣。告訴我，我該怎麼做才能幫助您，如果您願意，我可以跳七層紗的舞蹈，來引開高頌果的注意力。」

宣教士悲傷地答說：「林德瑞拉小姐，我對您並沒有如此多的要求。」

她說：「請叫我安琪。」

這一天剩餘的時間，除了等待娜迪雅和亞歷山大的歸來，他們就在破村子裡閒逛，一方面尋找資訊，一方面計畫逃跑。士兵已將前夜怠忽職守的兩名守衛逮捕，也沒派遣替代的守衛，結果竟然是沒有人監視他們。根據四下調查所得的資訊，金錢豹兄弟會的弟兄從正規軍隊脫逃，跟隨指揮官來到恩高背，唯獨他們可以進入軍火庫，軍火保管在地下室的軍營裡。班度人的守衛都是青少年時期被徵召的，他們配有較差的武器，最主要的是短刀和小刀，他們的順從是出於好戰競爭多過出於忠貞。在門班貝列的士兵掌控的命令下，守衛必須鎮壓其餘的班度村民，或者應該說，他們自己的家人和朋友。殘酷的軍紀不留脫身之計，抗命者和逃兵均將接受毫無申訴管道的處決。

過去，恩高背的女人是獨立自主的，她們在社群中享有一半的決定權，現在她們失去權利，她們的命運就是爲高頌果從事種植的工作，接受男人嚴苛的對待。那些最漂亮的年輕女人的命運，則是成爲國王的嬪妃。指揮官的諜報系統甚至還擴及小孩，小孩被迫學習監視自己的家人。即使沒有證據，被指控爲反叛就足以喪失性命。起初他們殺了許多人，由於此區的人口本非眾多，一看將要剩下寥寥可數的臣民，國王和指揮官才稍微克制他們殘暴的性情。

他們也說到松貝的助陣，一旦國王和指揮官需要巫師的服務，他們就召集巫師。非洲人習慣求助於密醫或是巫師，他們的任務就是協助跟鬼魂世界的聯繫，治癒病人、施行妖術和製作保佑的護符。他們猜想人的過世通常都是起因於魔界。一旦有人死亡，就輪到巫師上陣調查，是誰導致了死亡，揭穿妖魔，然後責罰肇事者，或者強迫他付給喪家一筆補償金。在社群裡，這樣的事賦予巫師權力。在恩高背，跟在非洲的其他許多地方一樣，總是有巫師，有些巫師是比其他一些巫師較受尊重，但是無人比得上松貝。

無人知曉這位陰森恐怖的巫師居住何處。他在村莊展現具體形象如同惡魔，一旦履行完職務，便如人間蒸發似地失去蹤影，人們將會數星期或數月都見不到他。即便高頌果和門班貝列都須關在自宅，以便迴避巫師的蒞臨，可見其令人畏懼。他恐怖的外表令人生畏，他是巨無霸，身高有門班貝列指揮官一般高，當他陷入出神狀態，會獲得極強大的力量，他能夠隻身抬起七個男人也無法移動的笨重樹幹。他擁有豹頭和人指的項鍊，據流言所傳，他有能力用銳利如刀的眼光斬殺受害者，就如他在巫術展示上未經碰觸所斬首的雞隻一樣。

「我非常想要認識這位有名的松貝。」當朋友們聚在一處，你一言我一句地敘述個人的調查結果，凱特說出她的想法。

約耳・岡薩雷茲添加一句：「我非常想要拍攝他的幻術伎倆。」

安琪戰戰兢兢地說：「或許不全都是伎倆，巫毒教的魔法可是非常具危險性的。」

在茅舍的第二晚，他們感到夜晚漫無止境，這些探險者維持火炬的燃燒，不在乎樹脂的焦味和黑色的煙霧，如此一來，至少他們看得見蟑螂和老鼠。凱特失眠好幾個小時，她總是豎耳傾聽，期待娜迪雅和亞歷山大的回返。門口既然沒有守衛，每當凱特無法忍受室內沉窒的氣息時，她便到外頭透透氣。安琪在外面跟她碰頭，她們肩並肩地坐在地上。

安琪嘰嘰咕咕：「沒香菸抽我會死。」

「這是妳戒掉壞習慣的好機會，我也是這樣做的。抽菸會導致肺癌。」凱特提醒她：「妳要小酌一口伏特加嗎？」

安琪取笑她：「凱特，沉迷酒精不算是惡習嗎？」

「妳是影射我是酒鬼嗎？量妳沒膽！我是爲了骨頭痠痛，才偶爾小酌一番，其餘時間我可沒喝酒。」

「凱特，我們一定要逃出此地。」

女作家回答：「沒有我孫子和娜迪雅，我們不能離開。」

「妳準備還要等他們多久？後天小船就會回來找我們了。」

「到那時，孩子們就會回來。」

「如果事情不是這樣呢？」

凱特說：「若是那樣，你們就走吧！但是我要留下來。」

「凱特，我不會留妳獨自一人在這裡。」

「妳要和其他人一起走，去尋求援助。妳需要聯絡《國際地理雜誌》，聯絡美國大使館。沒人知道我們在哪裡。」

安琪說：「我們僅有的希望就是密契爾・穆撒哈已經接收到一些我用無線電傳送的訊息，但是我不考慮這個可能性。」

兩個女人好長一段時間安靜無語。儘管處境不堪，她們卻很珍惜月色下這美麗的夜晚。這時刻村莊裡沒有幾把火炬是點燃的，除了照明皇宮和地下室軍營的火炬，從森林傳來斷斷續續的沙沙作響和刺人耳鼻的潮濕泥土味。幾步距離的不遠處，是一個相對的世界，那裡的生物終日見不著日光，現在正在陰影處窺伺她們。

凱特問：「安琪，妳知道水井究竟是怎麼一回事嗎？」

「妳是指宣教士信裡提到的水井？」

凱特說：「不是我們原先所想像的，不是一口爲了汲水的井。」

「不是嗎？那會是什麼？」

「處死刑的地方。」

安琪驚叫：「妳說什麼！」

「我說著我剛剛對妳說的話，安琪。水井的位置在皇宮的後面，用籬笆圍起來，禁止任何人靠近。」

「那是一個墓園？」

「不，那是養滿鱷魚的水窪或是蓄水池……」

安琪驚跳地站了起來，瞬間胸口感到彷彿火車頭的推進，使她喘不過氣。凱特的話再度驗證她一直感受到的驚恐，時間是從她的飛機摔壞在海灘，到她在這個蠻荒之地被捕。一小時過一小時，一天過一天，她非常確認她自己所信服的，不足爲奇地她正走向自己的終點。她過去總是相信，她年紀輕輕就會死在自己的飛機失事，一直到那位市集的預言家班黑斯嬤嬤指點，說她將死於鱷魚的出沒，她才改變想法。起初她不怎麼認真地看待預言，經受了兩次幾乎被這類猛獸所吞噬，死於鱷魚的意念就一直深植心中，竟至轉變成牢不可破的認知。凱特猜出了她朋友當下的意念。

「安琪，別這麼迷信，高頌果飼養鱷魚的事實，並不意謂妳會是鱷魚的晚餐。」

「凱特，這是我的命運，我無可避免。」

「安琪，我跟妳保證，我們一定會活著離開這裡。」

「妳不能跟我承諾這點，因爲根本無法兌現。妳還知道些什麼？」

「他們把違抗高頌果和門班貝列威權的人丟進水井。」凱特跟她解釋：「我是從那些矮人族的女人得知的，她們的先生必須獵捕鱷魚的食物。村莊一旦發生事情，她們就知道。她們是班度人的奴隸，她們要做比較粗重的工作，她們進出茅舍時，就會聽取對話和四下觀看。她們白天可自由行動，唯獨夜晚被囚禁。沒有人在乎她們，因爲大家都相信她們沒有人類的智商。」

安琪戒慎恐懼地問：「妳認爲他們是這樣殺死宣教士，所以沒有留下痕跡的嗎？」

凱特肯定地說：「沒錯。不過我不敢確定，因此我還沒有告訴費爾南多教士這一切。明天我會再探求真相，如果有可能，我想去水井那兒瞧一瞧。我們應該將它拍個照，這是我想爲雜誌撰寫的故事最基本的部分。」

次日，凱特再度出現在門班貝列指揮官的面前，她傳達安琪・林德瑞拉感到非常榮幸獲得國王的青睞的話：「她準備好好思考您的提議，但是她需要幾天的時間作決定，因為她已經跟波札那最有能力的巫師訂了親；即便相隔遙遠，背叛巫師還是非常危險的一件事。」

指揮官擅自主張：「如果是這樣的情況，高頌果國王不會對那個女人有興趣。」

凱特趕緊收回剛剛的話，她沒想到門班貝列竟會當真。

「您認為不需要向國王陛下商議此事嗎？」

「不需要。」

凱特建議：「實際上，安琪・林德瑞拉還沒有答應巫師，我們的說法就是沒有正式訂婚。您瞭解嗎？有人告訴我這裡住的松貝是非洲最有能力的巫師，或許他可以將安琪從另一個求愛者的魔法中解救出來……」

「或許是。」

「享譽盛名的松貝何時光臨恩高背？」

「老女人，妳的問題真多，妳像非洲蜂一樣煩人。」指揮官一邊回答，一邊做出嚇跑蜜蜂的動作：「我會告知高頌果國王，我們會看看有什麼方法可以解救那女人。」

凱特從門口發話：「門班貝列指揮官，還有一事商量。」

「妳現在又要什麼？」

「我們現在暫居的小寓所實在令人喜愛，但是有一點髒，還有一些老鼠和蝙蝠的糞便……」

「咦？」

「安琪．林德瑞拉是非常纖弱的，惡臭味會讓她生病。您可以派一些奴僕幫忙清理和爲我們準備食物嗎？如果不是太麻煩的話。」

指揮官回答：「沒問題。」

被派來的女侍像是個小女孩，身上僅著樹皮纖維的裙子，身高不足一百四十公分，非常瘦小，但很強壯。她帶著一把樹枝做成的掃帚出現在茅舍，以驚人的速度著手掃地。揚起越多的塵土，味道和髒汙就越嚴重。凱特打斷她的工作，實際上，她的請求是另有目的的，她需要同盟的支持。一開始，女人似乎不明白凱特的用意和她的手勢，只當她是頭母牛毫無反應，可是當女作家提到貝爺．多構烏的名字，她的面容頓時亮了起來。凱特瞭解僞裝是最愚蠢的行爲，它會讓人採取防護。

她們比手劃腳，兼用一點點班度語和法語，矮人族女人說明自己名叫漢娜，是貝爺—多構烏的老婆。他們有兩個小孩，彼此很少見面，因爲小孩都被關在畜欄裡，不過，此刻孩子們均受到老奶奶悉心的照料，但貝爺．多構烏和其他獵人交出象牙的期限就在明天，如果交不出象牙，他們就會失去小孩，漢娜哭著說。凱特在眼淚前面顯得手足無措，反而是安琪和費爾南多教士努力安慰她，他們說有一群記者當見證人，高頌果不敢斗膽販賣小孩。不過漢娜的想法卻認爲沒有人或任何事可以勸阻高頌果。

令人心寒的咚咚鼓聲響徹非洲的夜晚，搖撼了森林，驚嚇了外國人，他們從茅舍聽到後，心頭泛起不祥的預感。

約耳．岡薩雷茲發抖的聲音問道：「這些鼓聲代表什麼意思？」

費爾南多教士回答：「我不清楚，但絕對不是什麼好消息。」

安琪高喊：「我受夠了整天驚嚇受怕！好多天以來，我的胸口都鬱悶得發疼，我快窒息了！我要離開這裡！」

宣教士提出意見：「我的朋友，讓我們來祈禱吧！」

就在那一刻，出現了一名士兵，他獨獨朝向安琪的方向走來，他通告大家：「競技」即將展開，門班貝列指揮官要求她出席。

她說：「我要和我的同伴一起走。」

傳訊者回答：「悉聽尊便。」

安琪又問：「為什麼鼓聲會響起？」

士兵直接了當的回答：「艾禪西。」

「死亡之舞？」

士兵不作答，轉身離去，留下團隊中的成員彼此磋商。約耳．岡薩雷茲認為鼓聲肯定是有關他們個人生命的死訊，輪到他們成為表演秀的主要角色。凱特要他閉嘴。

「約耳，你把我搞得緊張兮兮。如果他們蓄意殺死我們，不會選在公開的場合，他們應該不會想招惹、引發可以謀殺我們的國際輿論。」

約耳呻吟的語氣：「凱特，誰會知道真相？我們現在是任由那幾個瘋子擺布。他們何時在乎過什麼其他世界的意見？他們做他們想做的事。」

除了矮人以外，村莊的老百姓全聚在廣場。他們用石灰在地上畫了一個長方形，彷彿拳擊場，四周有火炬照明。在聖言之樹下面是指揮官和他的「隨扈」，意指他那十名金錢豹兄弟會的士兵，他們十個人站在指揮官所坐的椅子後面。他們穿著一貫的服飾：軍人長褲和馬靴，戴著墨鏡，無視於現在已是夜晚。他們將安琪・林德瑞拉導引到另一張椅子上，離指揮官幾步的距離，卻忽略她的朋友。高頌果國王不在，他的妻妾擠聚在老位子，她們站在大樹後面，由一個拿著細長竹竿、有虐待狂的老人監視著。

「軍隊」一字排開：金錢豹的弟兄攜帶他們的長槍，班度人的守衛帶著短刀、小刀和棍棒。守衛都相當年輕，他們看起來像是驚弓之鳥，就如同村中其他的居民。不消片刻，外國人就明瞭箇中道理。

三名樂師沒穿長褲，但穿著軍中制服的夾克，他們曾在凱特和她的同伴來到那晚敲擊棍棒，現在他們負責擊鼓。擊鼓產生的聲音是單調、不祥、具威脅感，非常不同於矮人的鼓聲。鼓聲持續好長一段時間，直到月亮的光芒和火炬合而爲一。同時，有人帶進塑膠大桶和盛滿棕櫚酒的南瓜，他們將一手接一手傳遞著。這次女人、小孩和訪客都傳到了。指揮官自備美國的威士忌，想來也是靠非法途徑獲得。他喝了兩口就將酒瓶傳給安琪，她委婉地拒絕，她不想跟這個男人建立任何形式的親屬關係，然而當男人給她一根菸時，她卻無法抗拒，似乎有一生之久都沒抽菸了。

門班貝列比了一個手勢，樂師便緊密擂鼓，昭告眾人活動開始。從廣場的另一端帶進了兩名守衛，這兩名守衛奉派看守外國人的茅舍，之前就在他們的監視下，讓娜迪雅和亞歷山大逃跑了。他們被推到長方形的格子內，兩人始終低著頭、發著抖地跪在地上。他們相當年輕，凱特計算他們應該只有孫子一般的年齡，十七或十八歲。一個女人，或許是其中一人的母親，大叫一聲，往拳擊場衝進去，但馬上被其他女人制止，她們抱著她，企圖安慰她。

門班貝列站起身來，雙腳打開，雙手握拳擺在臀上，翹起下顎，汗水閃爍在剃光的頭上和運動家赤裸的軀幹上。這個架式和遮住雙眼的太陽眼鏡，十足動作片的痞子模樣。他用自己的語言咆哮了幾句，隨即又再度向後入座，訪客無法理解他的語言。一名士兵交給長方格裡的男人一人一把小刀。

凱特和他的朋友不消多時就明白遊戲規則。兩名守衛被判刑互鬥以求自己和同伴的生存，同伴包括家人和朋友，他們都被判出席這場維護紀律的殘忍形式。艾禪西，神聖之舞，是矮人過去在出發打獵前所執行的舞蹈，神聖之舞是爲了召喚森林偉大鬼魂，在恩高背卻變質了，舞蹈轉變爲死亡的競技。

兩名受處罰的守衛，彼此短暫互毆。幾分鐘當中，他們像是圍著圓圈跳舞，手上拿著小刀，準備尋找對手疏忽之際，瞄準重擊。門班貝列和他的士兵發出挑撥的叫喊和嘲弄，但是其他的觀眾則保持厄運來臨的緘默。其餘的班度守衛都噤若寒蟬，因爲他們各自估量他們當中任何一個人，都可能會是下一個被判刑的人。恩高背的人，既無能爲力又氣憤異常，他們正在送別兩個年輕人；僅僅對門班貝列的恐懼和喝棕櫚酒引起的醉暈，便可以阻止一場混亂的爆發。這兩士兵的家人是由多種血緣關係組成的，觀賞這場驚悚競技的人，都是兩名持匕首男孩的親戚。

兩個打鬥者決定攻擊對方的最後關頭，刀刃受到火炬光芒的照耀閃爍了一下，之後落入雙方的身體。同時發出的兩聲哀叫劃破夜空，兩個男孩一起倒下，一個在地上翻滾，另一個匍匐爬行，凶器還在手上。正當恩高背的村民抑制他們的情緒時，月亮似乎在半空中停滯不動。在分秒移動之間，躺在地上的男孩顫抖身體多次，然後才完全靜止。於是另一個男孩鬆脫小刀，以前額著地、雙手抱頭的姿勢，痛哭抽搐著。

門班貝列站起來，做作地慢慢靠近，他用鞋尖將第一個男孩翻身，瞬即取出掛在腰上的手槍，然後瞄準第二個男孩的頭。在此同一時刻，安琪・林德瑞拉衝向廣場中央，她以如此的迅速和力氣攫住指揮官，讓指揮官爲之驚訝不已。子彈射向地面，只差幾公分就擊中刑犯的頭。過去不曾有人以這般姿勢站在指揮官的面前，安琪的舉動讓軍隊感到不可置信，延遲了好幾秒停留在驚愕狀態，這給她時間置身在槍桿子的前面，擋住受害者。

女人用堅定的語氣說：「請您告訴高頌果國王，我願意成爲他的妻子，我要這個男孩能存活的生命作爲結婚禮物。」

門班貝列和安琪四目相視，滲入凶猛的意念，如同格鬥前的兩名拳擊手。指揮官比她高了半個頭，也比她強壯許多，此外他還有槍；但是安琪是那種對自己有堅定自信的人，她相信自己的美麗、智慧、不可抗拒的魅力，以及她有大無畏的行動能力，她的大膽幫助她實踐那仁慈的意念。她將雙手放在可厭的軍官的裸胸上，兩次的觸碰，輕柔地推推他，強迫他向後退。接續的動作是投以放電般的笑容，這一笑的功能可以安撫最凶猛的人。

「來吧，指揮官！是的，現在我願接受小啜你的威士忌。」她愉快地說，彷彿剛剛不是傷痛死亡的競技，取代的是一場馬戲團的演出。

與此同時，費爾南多教士也靠近競技場，後面跟著凱特和約耳・岡薩雷茲，他們徒手抬起兩名男孩。一名全身是血、不斷搖晃；另一名已失去意識。他們用手臂撐住，幾乎是拖曳地帶到他們住宿的茅舍，此時，恩高背的村民、班度族的守衛和金錢豹的弟兄正用最驚惶的眼神注視這一幕。

第十三章　大衛和歌利亞

娜娜—阿桑特女王陪著娜迪雅和亞歷山大沿著森林中細窄的足跡而行，這條小徑是連結祖靈之村和保存貝爺—多構烏的祭壇之間的路。太陽尚未出現，而月亮已經消失，這個時刻比夜晚還要黑暗，幸虧亞歷山大帶著手電筒，而娜娜—阿桑特憑記憶還認得這條小徑，她當初為了取用矮人留下的食物祭品，經常在這條小徑奔走。

在精靈世界鮮活的經歷改變了亞歷山大和娜迪雅。持續幾個小時讓他們成為獨立的個體，然後又融合於存在之物的整體。他們感到強壯、篤定和清醒，他們可以從最豐富和炫亮的視角看到現實。他們去除了膽怯，包括畏懼死亡在內，因為他們瞭解到，發生的事就讓它發生，他們不會被黑暗吞噬後就消失。他們將不會各自為政，他們是組成單一靈魂的一小部分。

因此很難想像在形而上的地圖裡，卑鄙之人諸如在亞馬遜叢林的毛洛•卡里亞斯、在禁地王國的專家和在恩高背境內的高頌果，都有和他們自身近似的靈魂。在梟雄和英雄、聖人和罪犯間，做好事的人和引起破壞和痛苦的人之間，怎麼可能會沒有差別？他們不清楚這椿宇宙奧秘的答案，但他們猜想，個體自身貢獻出他們的經驗，才能成就宇宙的浩大靈魂的完整性。有些人透過做壞事所造成的受苦來完成，有些人透過因同情而獲得的光明來完成。

當他們回到當下的現實世界，年輕人想著即將來臨的試驗。他們有一項即時的任務需要完成，他們必須幫忙解放奴隸以及推翻高頌果。爲了這項任務，他們必須激奮班度人的冷漠，因爲不敢違逆暴政，班度人也成了暴政的同謀；某些情境是不允許中立的態度。然而，事件的結局並非取決於他們，故事真正的主角和英雄是矮人，如此也讓他們從肩頭卸下了龐大的重擔。

貝爺・多構烏正在睡覺，沒有聽到他們來到的聲音，娜迪雅輕柔地喚醒他。當他看到手電筒燈光照射下的娜娜─阿桑特，還以爲她是以女鬼之姿現身，頓時瞪大了眼睛、鐵青著一張臉，於是，女王放聲大笑，伸手摸摸他的頭，證實自己跟他一樣是個活生生的人。緊接著，她對他詳述這些年都是藏身在墓園，由於高頌果的關係她始終不敢出來。她又說到，自己厭倦於等待讓事情自己好轉，如今已是回到恩高背的時候，是面對篡位者和解救她的人民脫離壓迫的時候。

「娜迪雅和我將前往恩高背先作迎戰的準備。」亞歷山大告訴他們：「我們處理好尋求協助的事情。人們只要知道娜娜─阿桑特還活著，我相信大家就會有勇氣反抗。」

貝爺・多構烏說：「我們這些獵人會在下午出發，高頌果會在那個時候等待我們。」

大家都同意在沒有確定村民是否仍然倚重娜娜─阿桑特時，她不能現身在村莊，另一方面也是要避免高頌果任意把她殺了，必須考量這個行動的危險性，她將是僅有的獲勝王牌，應該要把她留到最後。如果他們得以剝奪高頌果虛僞的神聖象徵，或許班度人會除去恐懼心，起身反抗他。當然還有門班貝列和他的士兵，不過亞歷山大和娜迪雅早已擬定一項計畫，並且獲得娜娜—阿桑特和貝爺・多構烏的認可。亞歷山大把他的手錶交給這位女王，因為矮人不知道如何使用，關於行動的時間和方式，他們也都已達成協議。

其他的獵人接著與他們會合，這些獵人花了大半夜的時間在儀典上跳舞，他們祈求艾禪西和其他動、植物世界的眾神前來幫助。他們乍然初見女王時，反應比貝爺・多構烏誇張許多。首先，他們認為她是鬼魂，於是驚恐萬狀地拔腿就跑，貝爺・多構烏跟在他們身後大聲喊叫，試圖解釋那不是可怕的孤魂野鬼。終於他們一個接一個地回來，小心翼翼地用發抖的指尖碰觸那女人。證實女王不是死人以後，他們以尊敬和充滿希望的態度接待她。

用密契爾・穆撒哈的麻醉劑注射高頌果國王的主意，是娜迪雅想到的。前一天她看到一位獵人用鏢槍和吹箭制伏一隻猴子，矮人的吹箭技巧跟亞馬遜的印第安人所使用的極為相似。她想，用同樣的方式，也可以射出麻醉劑，只是不知道對人將會有什麼影響。如果只需幾分鐘，就能制伏犀牛，或許足以殺死一個人，但是她猜想以高頌果壯碩的體格，或許他還可以撐得住。麻煩的是他那粗重的斗篷，幾乎會形成一個不可解決的阻礙。若用合適的武器，可以穿透大象粗厚的皮膚，但是用吹箭方式的話，則必須射到國王裸裎的皮膚才行。

正當娜迪雅講述她的計畫，矮人指向一位最好的獵人，他有最好的肺活量和最準確的瞄準力。面對如此光榮的讚譽，這位好獵人馬上鼓起胸膛，開心喜笑，但是驕傲的態度沒有維持幾分鐘，其他人馬上放聲大笑，並且開始揶揄他，如同往常一般，只要有人自吹自擂就會遭到訕笑。一等大家削弱他的氣焰，亞歷山大和娜迪雅就交給他裝有鎮定劑的細頸玻璃瓶。被迫謙虛的獵人沒說半句話，將瓶子收藏在腰上的小口袋。

娜迪雅提供意見：「國王會像死人一樣睡好幾個小時，這給我們時間去煽動班度人，然後娜娜—阿桑特女王才現身。」

獵人們問道：「我們要怎麼對付指揮官和他的士兵呢？」

亞歷山大說：「我會挑釁門班貝列，來一場決戰。」

他不知道爲何如此說，也不知道如何實踐如此莽撞的意圖，那只是出現在他心裡的第一個意念，未加思索便脫口而出，但是他一說出口，意念就已成形，他知道已無轉圜的餘地。就如同他們須剝奪高頌果虛僞的神聖象徵，一方面讓人民除卻畏懼的心，另方面揭穿他的能力其實只有脆弱的基礎；至於門班貝列，則必須擊潰他專屬的領域，也就是殘暴的力量。

娜迪雅表明真相：「神豹，你是勝不了的，你不像他，你是愛好和平的人。此外，他有武器，你卻不曾發射過一發子彈。」

「那就是一場沒有武器的決鬥，赤手空拳，或是使用長矛。」

「你瘋了！」

亞歷山大解釋給獵人聽，他有一個能力強大的護符，他邊說邊展示掛在脖子上的化石。他述說化石是來自神話中的動物，是一隻龍，人類存在地球之前，這隻龍就生活在喜瑪拉雅的高山上。他說，這個護符可以保護他不受利刃割傷，爲了印證他說的話，他請求矮人站在十步的距離之外，然後用長矛攻擊他。

矮人摟著肩圍成圓圈，如同美式足球的球員，快速而高聲地談笑。他們會不時用悲憐的眼神看向這個年輕的外國人，想他怎麼會提出跟他一樣瘋狂的要求。一旁的亞歷山大，終於失去耐性，他進到矮人當中，執意要他們試試看。

男人們在樹間排成一排，幾乎毫不信服地笑彎了腰。亞歷山大測量了十步的距離，要完成此舉在這樣的植物叢林並不是件簡單的事，然後雙手扠腰面對大家，高聲大喊一切就緒。矮人一個接一個拋擲他們的長矛。男孩一動也不動，當武器的鋒口僅差一毫釐的距離就擦過他的皮膚，他身上的肌肉也沒有顫抖。沒有射中目標的獵人拿回長矛，再次設法瞄準，這一次他們不敢嬉笑而是用盡全力，但同樣也沒有擊中。

亞歷山大要求他們：「現在用大砍刀攻擊我。」

他們當中只有兩名獵人隨身攜帶了大砍刀，他們用盡肺部充滿的空氣砍殺，但是男孩毫不困難的迴避，武器的利刃紛紛插入土裡。

獵人驚嘆地下結論：「你是非常有能力的巫師。」

亞歷山大辯駁：「不是的，但我的護符幾乎跟伊變巴—阿富阿有相同的價值。」

其中一名獵人問道：「你的意思是說，任何一個人只要戴著護符就可以有同樣的能力？」

「完全正確。」

再一次，矮人又摟著肩圍成圓圈，充滿熱情地嘰嘰咕咕良久，直到大家達成共識。

他們下出結論：「就這個情形，我們當中可推一個人跟門班貝列搏鬥。」

亞歷山大反駁：「為什麼？我可以做到。」

一個獵人說：「因為你不像我們一樣強壯。你雖然高，卻沒有狩獵的常識，光是在競技場上奔跑，你就會累垮，我們任何一個人的老婆都比你還能幹。」

「好吧！謝謝囉……」

娜迪雅遮掩笑意，頷首同意：「這是事實。」

矮人們決定：「讓杜瑪跟門班貝列決鬥。」

大家都指向最好的獵人——貝爺・多構烏，他謙虛地推辭這項殊榮，舉止彷彿受過良好的教育，但還是很容易就看穿他是多麼的喜悅。之後，他們又求了他許多次，他終於接受將龍的糞便化石掛在脖子上，置身在同伴的長矛前面。他們重複先前擲矛的場景，如此他們才能信服化石是不能穿透的盾牌。亞歷山大放眼打量貝爺・多構烏，這是一個孩子體格的小男人，面對門班貝列，就其所知，那是龐大的對手。

他問：「您們知道大衛和歌利亞的故事嗎？」

矮人們回答：「不知道。」

「很久很久以前，離這個森林很遠的地方，有兩個族群在征戰。其中一族由常勝將軍—歌利亞為代表，歌利亞是個巨人，他像樹一般高，像大象一般強壯，帶著一把長劍，有十把大短刀的重量，所有的人都懼怕他。大衛，是另一族群的人，卻敢向他挑戰。他的武器是一把彈弓和一顆石子。兩族的人聚在一起，觀看這場打鬥。大衛射出一顆石子，正中歌利亞前額的中央，他摔倒在地，然後大衛取走他的長劍，將他殺死。」

聽眾全都笑彎了腰，他們覺得這故事具有高明的喜劇性，但看不出有何對應相連之處，直到亞歷山大告訴他們歌利亞是門班貝列，大衛是貝爺・多構烏，他們才明白。他們說，可惜沒有彈弓。他們對彈弓毫無認知，想像著應該是非常龐大的武器。無論如何，他們還是出發上路了，他們將新朋友帶到靠近恩高背的地方。彼此緊緊擁抱告別後，便隱遁在森林深處。

天剛亮，亞歷山大和娜迪雅就進入村莊。只有幾隻狗提醒他們的出現，村民都還在沉睡，沒有人看守過去是修會的茅舍。爲了避免驚嚇他們的朋友，他們躡手躡腳地走到住所的入口，迎接他們的是凱特，她睡得少又睡得不好。看到自己的孫子，女作家交雜兩種情緒，一則是感到寬慰，一則是想好好打他幾棍子。她的力氣只夠她抓起孫子的一隻耳朵，搖晃他，同時她隱藏了辱罵的字眼。

她對他們吼叫：「你們究竟是去了哪裡？這兩個惡魔般的壞小子。」

亞歷山大笑著緊緊擁抱她：「奶奶，我也愛妳！」

她轉向娜迪雅又補上了一句話：「這次我說真的，亞歷山大和我再也不會跟妳一起旅行！小姐，妳總是有很多理由要告訴我！」

她的孫子打斷她的話：「凱特，沒有時間讓我們發洩情緒，我們還有很多事要做。」

就在此刻，其餘的人都被吵醒了，他們圍住兩個年輕人，提出各樣問題糾纏他們。因爲沒人聽她咕噥地責備，凱特也覺得無聊，便選擇爲兩位剛進門的人準備食物。她讓他們看看成堆的鳳梨、芒果和香蕉，盛物的器皿裝滿了用棕櫚油炸的雞肉、木薯布丁和蔬菜，這些都是村民送給他們的禮物，兩人感激地狼吞虎嚥，因爲這兩天他們只吃了一點點的食物。凱特將僅剩的桃子汁罐頭作爲他們的飯後甜點。

費爾南多教士一次又一次興奮地高喊：「我不是說小伙子會回來的嗎？天主保佑！」

茅舍的牆角處，躺臥著兩名被安琪救回的守衛。其中一名，叫做阿德林恩，小刀插進他的胃，他正在垂死邊緣。另一名恩茲，他的傷在胸口，但是根據宣教士的說法，他在盧安達的戰爭看到不少傷患失去了危及生命的器官，卻依然獲救，只要沒有感染就好。守衛雖然失血過多，但他還年輕而且強壯。費爾南多教士竭盡所能醫治他，他給他服用裝在安琪急救箱裡的抗生素。

安琪對他們說：「小子們，幸好你們回來了。我們必須在高頌果納我爲妾之前，逃離這裡。」

「我們將會得到矮人的幫助離開這裡，不過，我們得先幫助他們。」亞歷山大回答：「今天下午獵人就會到了，我們的計畫是先揭穿高頌果的假面具，然後挑戰門班貝列。」

凱特諷刺地問道：「整體聽起來似乎相當容易，我可以知道你們將會怎麼做嗎？」

亞歷山大和娜迪雅爲了讓大家明白，逐一將策略的運用闡明，其他還提到的重點包括要激起班度人叛變，昭告他們娜娜—阿桑特女王還活著，然後解放女囚犯，讓她們和自己的丈夫一起作戰。

亞歷山大問道：「您們當中有人知道該如何讓士兵的步槍失效？」

凱特提出意見：「必須堵塞槍管……」

女作家頓時萌生一個好主意：可以使用樹脂達到目的，爲了燃燒火炬，使用的樹脂是一種混濁黏稠的物質，貯存在每個房舍都有的黃銅鼓狀物。唯獨矮人奴隸有管道自行進入士兵的地下室軍營，她們負責清掃、運水和爲士兵做飯。娜迪雅挺身而出，自願牽成這樁合作事宜，因爲她在畜欄拜訪女矮人時，已經與她們建立良好的關係。凱特使用安琪的來福槍說明該在何處倒入樹脂。

費爾南多教士知會恩茲，他是兩名年輕傷患其中一人，也可以幫助他們。恩茲的母親、阿德林恩的母親和其他的家人，昨晚都帶了水果、食物、棕櫚酒，甚至菸草等禮物，前來向安琪致謝。安琪已經成了村莊的女英雄，因爲她是歷史上唯一有能力面對指揮官的人。他們不知道該如何酬謝，不只用言語表達感謝，還包括觸摸她，她解救了兩個在門班貝列手中必死無疑的男孩。

他們等待在阿德林恩身旁，他可能會在任何時刻過世，但是恩茲是清醒的，儘管他還非常虛弱。駭人的競技使他擺脫長年因恐懼而麻痺的心靈，他自認是死而復生，命運讓他多活幾天都是特別的禮物。他沒有什麼好失去的，因爲他現在跟死了沒什麼兩樣，一旦外國人離開後，門班貝列就會將他扔給鱷魚。當他接受隨即會死的可能性，他竟產生過去未曾有過的勇氣。當他得知娜娜—阿桑特女王正準備回來奪回高頌果篡奪的王位，增加了雙倍的勇氣。他接受外國人的計畫，搧動恩高背的班度人起義，但是他懇求他們，如果結果未如預期，他們要讓他和阿德林恩慈悲地死去，他不想死在門班貝列的手中。

凱特在上午的時間來到指揮官的面前，通知他說，娜迪雅和亞歷山大在森林遇難後，奇蹟獲救，現在已經返回村莊。這也意謂她和其他的成員很快便要離開，因爲明天獨木舟就會回來接應他們。她又強調，沒能寫出採訪高貴的國王陛下——高頌果國王的報導，她感到很失望。

指揮官聽到這群煩人的外國人將放棄待在他的領土，似乎鬆了一口氣，他準備提供他們離去的方便，只要安琪信守承諾，成爲高頌果眷屬的成員。凱特害怕此事成真，早已準備了一個故事。她問國王在哪裡，爲什麼都沒看到，難道國王生病了嗎？會不會是企圖娶安琪・林德瑞拉的巫師，從遠距離施展了詛咒？所有人都知道，巫師的未婚妻或是妻子是不能碰的，她說現在的狀況很可能是一個很特殊的報復。之前有一次，一個重要的政要堅持對安琪求愛，結果失去他在政府機關的職位、他的健康和他的財富。她又說，那個沮喪的男人，付錢請一些無賴刺殺巫師，但是他們沒有成功，因爲刺殺的短刀像奶油般融化在他手上。

或許門班貝列爲故事所打動，但是凱特並無從察覺，她無法透過鏡子般的太陽眼鏡得知他的表情。

軍官告知：「今天下午，爲了迎接新的妃子和矮人帶來的象牙，高頌果國王將舉行慶祝會。」

凱特問：「指揮官，請恕我冒昧……象牙交易不是被禁止的嗎？」

「象牙和這裡所有的一切都是屬於國王的，瞭解嗎？老女人。」

「指揮官，我瞭解。」

同一時刻，娜迪雅、亞歷山大和其他人爲了下午的一戰，正在準備。安琪不能照她所想的參加，因爲國王的四個年輕的妻子一同前來找她，將她帶到河邊，在那裡她們陪著她，花了很長的時間爲她沐浴，一旁是拿著竹竿的老人在監視著。當老人做勢要給主子未來的老婆一頓預防性的鞭打，安琪朝他下顎打了一巴掌，將他推到泥中。接下來，將竹竿頂著她粗糙的膝蓋折斷，把一節節的斷竹竿朝他臉上扔去，連帶發出警告：下次他若舉起手來，她會下命令招聚所有的祖先。四個女孩看到這樣的攻擊，真是笑到非得坐下來，因爲雙腳根本沒辦法支撐。她們讚嘆和觸摸安琪的肌肉，她們清楚如果這位魁梧的女士成了宮中女眷，她們的生活可能會有正面的翻轉，或許高頌果最終遇到了在他高位上的競爭者。

此時，娜迪雅正指導貝爺・多構烏的妻子漢娜裝塡樹脂讓步槍失靈的方法。一旦那女人如她所預期地學會方法，她便邁開小女孩的步伐，前往士兵的地下室軍營，既沒有人提出問題，也沒人對此下評語。她是如此嬌小、微不足道，如此安靜、考慮謹愼，以至於沒有人接收到她眼中一閃而過的報復光芒。

費爾南多教士透過恩茲知曉失蹤宣教士的命運，雖然他曾經如此懷疑過，但是一旦他所擔心的事被證實，衝擊依然震撼著他。宣教士帶著宣揚信仰的意念到達恩高背，沒有任何事可以阻擋他們，他們生活中的威脅、地獄般的氣候和士兵都不能。高頌果將他們隔離，但是慢慢地他們贏得一些人的信任，結果卻引起國王和門班貝列的憤怒。當他們開始要公開反抗村民所受的凌虐，還有爲矮人奴隸說情時，指揮官將他們和亂七八糟的行李丟上了一條獨木舟，命令他們往下游划行，不過一個星期之後，弟兄們又回到村莊，態度比過去更堅決，不久後，他們就失蹤了。官方的版本是說，他們從來不曾到過恩高背，士兵燒毀他們少得可憐的所有物，並且禁止人們提到他們的名字。然而，沒有人認爲這是一件秘密行動，宣教士是被殺了，他們的屍體被丟到養有鱷魚的水井，他們什麼都沒留下。

「他們是殉道者，真真實實的聖人，永遠不會被人忘記。」費爾南多教士應允著，他擦乾流滿顴骨隆起面頰的眼淚。

大約下午三點鐘，安琪•林德瑞拉回來了。大家幾乎認不出她。她梳著盤成塔狀的辮子，黃金和玻璃的串珠高達屋頂，全身的皮膚發出油亮的光澤，身上裹著大膽色彩的寬大長袍，從手腕到手肘戴滿黃金手鐲，腳踩蛇皮做成的涼鞋。她的露面與現身滿足茅舍的所有人。

娜迪雅開心地說：「彷彿自由女神！」

宣教士驚恐叫道：「我的天啊！好女人，她們對您做了什麼！」

「兄弟，沒有不可以拆下來的物品。」她回答著，故意讓黃金手鐲噹噹作響，又補上一句：

「用這個我想買一整個飛行小隊的飛機。」

「如果您能夠逃離高頌果。」

「兄弟，我們要一起逃走。」她笑著，對自己非常有把握。

宣教士回答：「不是全部，我要留下來，取代那些被殺的弟兄。」

第十四章　最後一夜

慶祝活動大約在下午五點左右開始，此時太陽的威力已稍微減弱。恩高背的村民為高氣壓的氣氛所引導，恩茲的母親已經在班度人裡頭放出風聲，娜娜─阿桑特，正統的女王，她還活著，正為她的人民哭泣。她還補充消息說道，外國人想幫助女王復辟，而且這是脫離高頌果和門班貝列唯一的機會。看著孩子被招募當守衛，而後變成殺人凶手，對此他們還要忍耐多久？他們的生活被監控，沒有行動或是思考的自由，他們只有越來越窮。他們所生產的東西全數都得交給高頌果，當國王在堆積黃金、鑽石和象牙時，其餘的人卻連牛隻都沒得算。女人謹慎小心地告訴她的女兒，她的女兒又告訴她的朋友，不消一個鐘頭，大部分的成年人都同樣的感同身受。他們不敢告知守衛，即使都是自己家中的成員，因為他們不清楚守衛會如何回應，門班貝列已將他們洗腦，控制了他們。

矮人的妻子承受著更大的焦慮，因為今天下午就到了解救她們的小孩的期限。過去她們的丈夫總是準時帶著象牙來到，但是現在將有所改變。娜迪雅帶給漢娜一個奇特的消息，神聖的護符已經奪回，伊變巴—阿富阿和其他的男人將不會帶象牙出現，而是決心面對面挑戰高頌果。女人們同樣也要戰鬥，許多年她們忍受做人家的奴隸，相信只要百般順從，就能讓家人活命，但是逆來順受並沒有帶來什麼幫助，她們的生活條件一次比一次還艱辛。她們愈是容忍，愈是遭到更多的凌辱。正如漢娜對她同伴的解釋，一旦森林沒有更多的大象，她們的孩子將以各種方式被販賣。所以說，寧可死於反抗暴政，也勝過活著當奴隸。

高頌果的女眷也騷動不安，因為她們知道這位國王未來的老婆什麼都不怕，她幾乎和門班貝列一樣強悍，她敢嘲笑國王，只一巴掌就讓老人震懾、錯愕。沒有運氣看到那一幕的妻妾，簡直不敢置信。她們只感受到高頌果的恐怖，她們是被強迫嫁給他的；面對監視管控她們的壞脾氣老人，她們抱著高度的敬畏。有些女人認為不到三天的時間，傲慢的安琪・林德瑞拉就會被馴服，轉變成她們當中又一個國王溫順的妻子，就像她們每個人所歷經的情形一樣。儘管如此，四個陪伴去河邊的年輕女人，親眼目睹她的肌肉和行徑，卻始終相信安琪不會跟她們一樣。

唯一不曾察覺周遭出了什麼狀況的，恰恰就是最容易取得資訊的人，比如門班貝列和他的士兵。他們所擁有的權柄已經高過頭，讓他們覺得自己是所向無敵，他們生活在自己建立的地獄，愜意悠然，正如從未有過任何的挑釁，自然輕忽了周遭可能的變化。

門班貝列下令村莊的婦女，負起國王婚禮所有的準備事宜，婦女們用上百支的火炬和棕櫚枝葉做成的拱門來裝飾廣場，她們堆砌金字塔狀的水果和運用現成的食材烹調晚宴，諸如雞、老鼠、蜥蜴、羚羊、木薯和玉米。棕櫚酒的大桶早在士兵間傳遞，但是村中的民兵卻戒飲，一如恩茲的母親所指示的。

婚禮和進貢象牙這兩項慶典共同舉辦，皆已準備就緒。夜晚尚未降臨，火炬早已點燃，空氣中瀰漫著烤肉的香味。聖言之樹下，門班貝列的士兵和悲苦的宮廷成員，均已列隊站好。恩高背的居民，成群地分站在廣場兩側，班度族的守衛以大砍刀和棍棒爲武器裝備，在崗位上巡守監看。至於那些外國人早已坐在小木頭板凳上。約耳・岡薩雷茲準備好相機，其他人保持高度的警覺，隨時預備好，一旦時機來到便展開行動。團體中唯一缺席的人，是娜迪雅。

安琪・林德瑞拉被安頓在樹下的榮譽區，她一身新長袍和黃金飾品，令人嘆爲觀止，雖然今天下午許多事情可能會走樣，但她看似連最起碼的憂慮也沒有。凱特在今天早晨推演她擔憂的狀況時，安琪立刻回辯說，能夠嚇唬她的男人到目前還沒出生，又說，現在要讓高頌果看看她是怎樣的女人。

她笑著說：「國王很快地就會把他所有的黃金給我，只爲了要我離他越遠越好。」

凱特緊張兮兮地低喃著：「除非他把妳丟到鱷魚的水井裡。」

矮人帶著羅網和長矛回到村莊，但是沒有象牙，村莊的居民明白悲劇已經展開，而且沒有任何挽救餘地。長聲的嘆息發自所有人的肺腑，繚繞在整個廣場；就某個形式來說，人們的情緒舒緩了不少，因爲任何事都好過繼續忍受當天恐慌的壓力。班度族的守衛不知所措，只能環繞在矮人四周，等候長官的指示，但是指揮官並未在那裡現身。

又過了半小時，剛才的焦慮已升高到現場群眾無法忍受的程度。酒桶在年輕守衛間流轉，他們雙眼充血，喋喋不休，亂無秩序。幾個金錢豹的弟兄對他們吼叫，裝酒的器皿頓時放到地上，整隊站好了幾分鐘，但是紀律並沒有維持太久。

雄壯緊密的鼓聲宣告了國王的蒞臨。皇家發言人爲整個前進的行伍開道，伴隨他的是一名守衛，而守衛的雙手捧著給新娘的禮物，那是一籃沉甸甸的黃金珠寶。高頌果會在眾人面前表現他的大方，因爲等到安琪成爲家眷的一員，他就有權要回那些珠寶。緊跟後頭的是穿金戴銀的後宮佳麗，以及照管她們的老人，老人雙頰腫脹，只剩四顆散牙在嘴巴裡面跳舞。看得出來嬪妃們的行爲有明顯的改變，她們不再像綿羊般行動，而是像群精神抖擻的斑馬。安琪對她們比了一個手勢，她們則回報複雜的開朗笑容。

女眷後面跟著走的是扛著平台的人，平台上正坐著高頌果，他坐在他的法國骨董椅上，如同之前的華麗裝扮熠熠生輝，有著令人印象深刻的帽子和遮住面孔的串珠簾幕。斗篷有些燒焦的地方，但整體來說還算完好，唯獨缺少的是掛在權杖上矮人的護符，原處相同的地方有一根相類似的骨垂掛，遠遠看會誤以爲是伊變巴—阿富阿。國王不願意承認他們已將聖物奪走。此外，他也確定不需要護符來掌控矮人，他認爲矮人只是一群寒傖酸敗的生物。

王室的隨從駐足在廣場中央，爲了讓群眾歌頌至高君王。在扛平台的腳夫將平台置放在聖言之樹下前，皇家發言人詢問矮人有關象牙之事。獵人們往前走來，全村民都可辨識出其中一個獵人戴著神聖的護符——伊變巴—阿富阿。

貝爺・多構烏的聲音毫不發顫，他報告道：「大象已經滅絕了，我們無法再帶來更多的象牙。現在我們想要回我們的妻子和孩子，我們要返回森林。」

簡短的說話後是一片死氣陰沉的靜謐。奴隸叛變的可能性，還沒在任何人的腦中萌發。金錢豹的弟兄們第一個反應，就是射殺這群小男人，但是門班貝列並沒有在他們當中發號施令，國王也尚未有任何回應。全村的人都瞠目結舌，因為恩茲的母親並沒有散播矮人的消息。多年以來，班度人從奴隸所做的工作獲益不少，他們不想失去這樣的便利，但是他們也瞭解這樣的行徑，已經破壞過去兩族的平衡。這是第一次他們對矮人產生敬意，矮人雖是最窮、最無防禦能力，和最易受攻擊的，卻展現難以置信的勇氣。

高頌果用手勢叫喚替他傳話的人，在其耳邊竊竊私語，雖皇家發言人下令將矮人的小孩帶過來。六名守衛朝向其中一間柵欄走去，不一會，他們再度出現，引領一群貧困的人群：兩個上了年紀的女人，穿著樹皮纖維的裙子，每個人懷裡抱著一個嬰孩，在他們四周圍繞著不少不同年齡的小孩，瘦弱的他們模樣驚惶戰兢。小孩見著自己的父母，有些作勢要衝向他們，但是守衛很快便制止他們。

皇家發言人昭告大家：「國王需要做生意，這是他的職責，您們知道沒有帶來象牙的後果是什麼。」

凱特・寇德焦慮到無法再忍受下去，雖然她曾答應亞歷山大不要介入這件事，但是她還是跑到廣場的中央，站在平台的前面，此時扛平台的腳夫還在。還來不及提醒她下跪的禮節，她便大呼小叫地斥責高頌果，別忘了他們是國際記者，他們將讓全世界知道，他在這個村莊犯下蔑視人權的罪狀。話還不及說完，兩名攜帶步槍的士兵就拉著她的手臂將她抬起。當士兵將她抬往鱷魚水井的方向，老作家雙腳在空中踩蹬，口中仍是振振有詞。

娜迪雅和亞歷山大謹慎萬分地勾勒的計畫藍圖，幾分鐘內就被摧毀殆盡。他們曾經分派給每個成員一個任務，但是凱特不合宜時機的介入，讓她的朋友陷入混亂，幸虧守衛和村中其他的居民也都在膠著不明的情況中。

被指派向國王注射麻醉劑的矮人，藏身在茅舍之間良久，卻始終等不到合適的機會發射。整個局勢耗竭他的耐性，他將吹箭往嘴上一放，用力一吹，吹箭射偏不僅沒射到高頌果，還射中其中一位扛著平台的腳夫胸口。腳夫感到被蜜蜂叮螫，但是空不出一隻手去驅趕他所猜想的昆蟲。他依舊站了一陣子，才突然彎下膝蓋，倒在地上失去知覺。腳夫的同伴並沒有心理準備，瞬間難以支撐的重量讓平台傾斜，法國椅隨即滾到了地面。高頌果大叫一聲，試圖維持平衡，整個人傾刻被懸在半空中，然後和斗篷糾結在一起滾落地面，加上帽子也捲曲變形，令他暴跳如雷。

安琪・林德瑞拉自行決定即席演出的時刻已到，因爲原初的計畫已被破壞。國王摔落的同時，她邁開四大步，走到國王身旁，兩巴掌就把試圖喝阻她的守衛分隔開來，伴隨著印第安科曼切人的長聲喊叫，她拿穩帽子，接著把它從國王頭上扯下來。

安琪的行爲是如此超乎想像，如此大膽魯莽，以致人們一時間目瞪口呆，彷如照片裡靜止的人物。當國王的腳一落到地面，大地並沒有震動。聽到國王憤怒的吼叫，沒有人耳聾，從天空既沒有死亡的小鳥墜落，也沒有森林在垂死喘息中抽搐。第一次看見國王的臉孔，沒有人瞎眼，只是嚇傻了。摘下帽子和珠簾那一刻，所有的人都看到墨利斯・門班貝列指揮官那絕不讓人混淆的頭。

安琪驚呼：「凱特早說過您們兩人長得像極了！」

到這時候，士兵終於有反應，他們匆忙擁向國王四周，但是沒人有膽子碰他。包括領著凱特受死的士兵，也放下了這位女作家，回頭跑向他們的主子，但他們也不敢動手幫他。這情形有助於凱特躲藏在人群中，跟娜迪雅說話。門班貝列脫去了斗篷，往外一跳，站了起來。他的身影依舊是相同的憤怒，滿身是汗，張大發狂的雙眼，口吐唾沫地像野獸般狂吼。他舉起孔武有力的拳頭，企圖痛扁安琪，而安琪早已離開他能攻擊的範圍。

貝爺・多構烏選擇此時，向前跨進。通常他需要極大的勇氣挑戰指揮官，遑論在這個時刻，指揮官正在盛怒之下，那真是找死的膽大妄爲。這名個子矮小的獵人面對龐大的門班貝列，簡直是滄海微塵，指揮官彷彿是一座巨塔聳立在他面前。他仰頭注視指揮官，矮人邀請巨人參加單挑的打鬥。

村莊登時瀰漫著驚愕的低聲議論。沒有人可以相信所發生的事。大家簇擁向前，成群結隊站在矮人族的後面，如同其他村民一般驚訝的守衛，也無法干涉。

奴隸的一言一句滲入門班貝列的腦海，他猶豫著，有點茫然失措。總算他瞭解到這樣的挑釁意味著極大的冒險時，放聲轟隆大笑，笑浪還延續了好幾分鐘。金錢豹弟兄們模仿主子大笑，因爲他們猜想這是他期待他們做的，結果笑聲聽起來像是脅迫；事情演變成如此怪誕不堪的面貌，他們也不知道下一步該如何做。村民的敵視態度完全可以體驗，他們表現出隨時準備造反的樣子，就連班度族的守衛也迷糊了。

門班貝列一聲令下：「廣場淨空！」

對恩高背的居民來說，艾禪西的想法或單手的搏鬥無法造成新奇的撼動，因爲這正是處罰罪犯的方式，順道還可以製造娛樂效果，指揮官可是樂在其中。今天唯獨的差別是，門班貝列將不是仲裁者和觀眾，而是輪到他參賽。當然跟矮人搏鬥不會引起他任何的憂慮，他只想像捏隻毛毛蟲般捏扁對方，但下手之前得先讓他多受點苦。

費爾南多教士原先一直保持在相當的距離之外，現在他衝到陣前，擺出新任仲裁者的架式，同伴死亡的消息重新激勵他的信念和勇氣。他不怕門班貝列，因爲他懷抱的信念是那些作惡的人，早晚都得爲他們的惡行付出代價，指揮官已經惡貫滿盈，該是清算的時機了。

他通告群眾：「我將擔任裁判，不准使用槍砲類的武器。長矛、小刀或砍刀請問選那一種武器？」

指揮官扭一扭力道十足的手腕回答：「不需要，我們的打鬥不用武器，徒手相搏。」貝爺・多構烏毫不遲疑地接受：「很好！」

亞歷山大曉得他的朋友是相信化石的庇祐，但他不知道化石的庇祐只在使用刀劍時才有盾牌的功能，化石將無法保佑他勝過指揮官超人的力量，指揮官徒手就能夠將他大卸四塊。他將費爾南多教士帶到一旁，請求他不要接受這樣的條件，但是宣教士回辯，為著正義公理，天主必保佑。

亞歷山大急忙呼叫：「貝爺・多構烏赤手空拳的搏鬥，會失敗的！指揮官實在是太過強悍！」

宣教士指點他：「鬥牛也比鬥牛士強悍，勝敵的技巧在於讓野獸疲累。」

亞歷山大張嘴正準備駁斥，卻立刻明白費爾南多教士試圖解釋的用意。他飛奔到朋友身旁，為了朋友必須面對的巨大挑戰打氣加油。

村莊的另一端，娜迪雅已經卸除了門栓，打開關著女矮人的柵欄大門。未如其他獵人出現在恩高背廣場的兩位獵人，帶著長矛靠了過來，將長矛分給所有的女矮人。女人們像幽靈般，一溜煙就竄藏在廣場四周的茅舍之間，她們藏身在夜晚的黑幕，準備時機一到，就展開行動。娜迪雅重新和亞歷山大聚在一處，後者正在傳授貝爺・多構烏克敵要招，士兵則在慣常使用的地方畫出長方形的競技場。

娜迪雅說：「神豹，不需要憂慮步槍，只有門班貝列腰上的那把可以射擊，這是唯獨一把我們無法讓它失效的步槍。」

「那些班度族的守衛呢？」

她回答：「我們不知道他們會如何回應，但是凱特已經有萬全之計。」

「你認爲我應該告訴貝爺・多構烏，化石不能保護他免於門班貝列的傷害嗎？」

她回答：「爲什麼要告訴他？你說了只會讓他失去信心。」

亞歷山大注意到他朋友的聲音聽起來沙啞，完全不像人類的聲音，幾乎是烏鴉的叫聲。娜迪雅的眼睛呆滯無神，臉色蒼白，呼吸急促。

他問：「天鷹，妳怎麼了？」

「沒事，你自己要多加小心，神豹。我必須走了。」

「妳上哪裡去？」

「神豹，尋找幫助對抗三個頭的怪獸。」

「別忘了班黑斯嬤嬤的預言，我們不能分開！」

娜迪雅在他的前額輕吻一下，奔跑離去。全村莊被緊張刺激的情緒統轄，除了亞歷山大以外，沒有人看到一隻白鷹盤旋而上，飛過茅舍的屋頂往森林的方向失去蹤影。

門班貝列在長方形競技場的角落等待著。他赤腳，全身僅著短褲，這是在國王斗篷下的穿著，他的腰上繫了一條寬皮帶，並掛著一把手槍。他全身擦滿棕櫚油，炫人的肌肉彷彿活生生的岩石雕刻，油亮發光的肌膚好似黑曜岩在百支火炬的光中閃耀生輝。雙臂和雙頰上的儀典疤痕，強調了他與眾不同的外貌。相形之下，鬥牛般的頸項上那顆光頭，就顯得小多了。若不是因著野獸般的舉止而變樣，他臉上古典希臘式的五官堪稱俊美。即使聽聞此人是引起混亂禍首，人們總是無法抑止對他身材健美的讚嘆。

對比之下，站在相反方向角落裡的小男人，是個小矮人，他的身高尙不及巨人門班貝列的腰部。他那不成比例的身材，扁平的面孔，又是塌鼻子，又是窄前額，除了雙眸閃爍的膽量和智慧，實在沒有吸引人之處。他已褪下破舊骯髒的黃色小衫，全身幾乎也是赤裸和塗滿了油。在他頸上掛著一塊懸在繩上的岩塊：亞歷山大的神奇龍之糞。

亞歷山大向貝爺・多構烏解釋：「我有一個朋友名叫天行，他比任何人還通曉徒手搏鬥的藝術，他告訴我如果敵人孔武有力，同樣也將是他的弱點。」

矮人問：「此話怎講？」

「門班貝列的力氣建基於他的體型和重量，就好像是一頭水牛，單單只有肌肉而已，但正由於體重太過，缺乏靈活度，很快就會疲倦。此外，他還是驕傲的，他並不習慣別人對他的挑戰。多年以來，他都沒有狩獵或是打鬥的需要，而你卻是在最佳的狀態。」

「我還有這個。」貝爺・多構烏摸著化石，又補了一句話。

亞歷山大回答：「我的朋友，比護身符還重要的是，你正爲你的生命和你的家人搏鬥。門班貝列只是爲了好玩，他是個吹噓自己勇敢的人，如同所有喜好虛張聲勢的人一樣，其實他是個膽小鬼。」

漢娜，貝爺・多構烏的妻子靠近她的丈夫，輕輕地擁抱他，在他耳旁低語。就在此刻，鼓聲響起，召告所有的人搏鬥開始。

火炬和月光照亮整個競技場，金錢豹弟兄會的士兵攜帶步槍圍繞在場地四周，其後是班度族的守衛，第三排是恩高背的村民，所有人都在騷動的危險狀態。凱特不能錯過機會，她要爲雜誌撰寫這椿特異奇事的報導，她要求約耳・岡薩雷茲準備好拍攝所有場景。

費爾南多教士脫下襯衫，將眼鏡擦乾淨。他那副苦行僧的體格，清瘦纖弱，十足孱羸的白人。他僅著長褲和靴子，雖然不敢奢望，能使人尊重任何一種運動的基本規則，卻準備好擔任裁判的工作。他瞭解這是一場生死決鬥，但希望能夠避免此事成真。他吻了項上掛的十字架項鍊，將一切交託天主。

門班貝列發出一聲來自五臟六腑的長嘯，踩踏震動地面的腳步。貝爺・多構烏保持不動，如同安靜無聲的戒備狀態，冷靜的態度，一如狩獵時所採取的行動。巨人一拳如砲擊，正向矮人面頰揮出，僅止毫釐之差，矮人避過一拳。指揮官出力太過，人向前傾，不過又立刻恢復平衡。當他揮出第二拳時，對手已不在原處，而是在身後。他憤怒地轉身，整個人激動得像隻粗暴的野獸，但是他的任何一次揮拳皆沒能擊中貝爺・多構烏，後者在競技場的長方形框線上舞跳閃躲。每一次攻擊來到時，矮人便躲避開來。

由於對手身材短小，門班貝列必須採取向下的拳擊姿勢，擺動如此不順手的姿態，降低了他雙臂的力氣。只要他的任何一拳攻擊觸及對方，貝爺・多構烏必定是頭破血流，但是沒有任何一拳擊中，因爲矮人速度之快像非洲羚羊，身手滑溜像條魚。瞬間，門班貝列已是氣喘吁吁，直流的汗水遮蔽了雙眼的視線。他重新衡量：不能像他原先所設想的，僅用一回合就可以擊垮對方。費爾南多教士指示中場休息，身形魁梧的門班貝列竟然馬上附和，反身回到他的角落，那兒已經備有一桶水讓他飲用和洗去汗水。

亞歷山大在另一端的角落迎接貝爺・多構烏，後者踩著跳舞的小步伐笑著走來，彷彿剛剛參加完一場盛宴。這情形加強了指揮官的怒氣，他從另一端觀望，並努力回復氣力。貝爺・多構烏似乎不渴，但他讓人將水澆到頭上。

他非常滿足地說：「你的護身符真是太靈驗了，它是繼伊變巴—阿富阿之後，最靈驗的護符了。」

「門班貝列像大樹幹，要他彎下腰身是極費力的，因此他無法向下揮拳。」亞歷山大說明戰情：「你做得很好，貝爺・多構烏，但是還需要再讓他更疲累些。」

「我明白。就好像是對付大象。如果不先讓大象力氣衰竭，如何能夠獵捕大象呢？」

亞歷山大嫌休息時間太短，貝爺・多構烏卻已經失去耐性地躍躍欲試，一等費爾南多教士發出賽程開始的訊號，他就像個頑皮的小孩衝到賽場中央。這個動作對門班貝列而言，是一種挑釁，他無法忍受此事的發生。門班貝列忘了謹慎出拳的解決之道，倒是像輛加足馬力的卡車猛衝過來。想當然爾，他沒能遭逢矮人的迎面來襲，還因為用力過猛衝出界外。

費爾南多教士堅決指明要他回到石灰標示的界線內。門班貝列轉身面向他，要他償付剛剛放肆無理的命令，但是恩高背的村民熱烈抗議不公的大聲哄鬧止住他的動作。簡直不能相信耳聞之聲！在他腦海裡從來不曾閃過這樣的可能，即使在他最可怕的噩夢中也未曾有過，竟然有人膽敢悖逆他。他還來不及思索該以何種方式教訓這幫人的無理放肆，貝爺•多構烏已在叫喚他回到場內，並從身後踹了他一腳。這是他們兩人第一次的身體接觸。這隻猴子竟敢碰他！碰的是他耶！可是堂堂的墨利斯•門班貝列指揮官呢！他發誓一定要將矮人碎屍萬段，然後把他吃了，好給那些野蠻無禮的矮人一點顏色瞧瞧。

轉眼間，持守純淨比賽規則的期望已經落空，門班貝列整個人完全失控。他從幾公尺的距離外將費爾南多教士推開，直向貝爺•多構烏壓下，矮人立刻摔到地面。他整個人縮成胎兒大小，只靠臀部支撐，矮人開始踢蹬短腿，踩踏在巨人的雙腳。而指揮官反過來試圖從上往下攻擊，但貝爺•多構烏像陀螺般打轉，他向四邊滾去，指揮官根本沒法子跟上。矮人算準門班貝列猛力踩他一腳的時機，趁勢打擊那隻站立在地上、支撐全身重量的腳。指揮官巨塔般的身體向後傾倒，像隻背朝地躺下的蟑螂，完全無法起身。

此刻費爾南多教士已從重摔倒地的情況爬起身來，他也擦乾淨了厚鏡片，再次回到競技者的身旁。在觀眾大聲鼓譟當中，他請大家安靜一下好宣布獲勝者。亞歷山大跳到前面，高舉貝爺・多構烏的手臂，欣喜若狂地喝采，大家也都高聲歡呼，除了金錢豹的弟兄們，因為他們還未從震驚中平復過來。

恩高背的村民不曾搬演過如此令人激奮的演出。坦白說，很少人記得搏鬥的源起，面對矮人戰勝巨人這般不可思議的事實，大家都太過興奮了。今天的事件將會形成森林傳說的一部分，他們將不厭倦地一代又一代轉述這段歷史。正如樹倒人撿柴，不消片刻，所有人都準備要海扁門班貝列一頓，而此人在數分鐘之前，還被村民視為半個上帝。該是好好慶祝的機會了，鼓聲再度響起，是充滿生機的熱情之音，班度人跳舞高歌，毫不思慮他們現在已經沒有奴隸可使喚，未來也還是一片茫然。

矮人在守衛和士兵的腳間奔竄，他們占滿競技場，抬起貝爺・多構烏。在集體狂喜的引爆期間，門班貝列指揮官找到機會站起身來，他從一名守衛身上搶奪一把大砍刀，揮刀攻擊洋溢勝利喜悅、簇著貝爺・多構烏遊行的群體，同伴們把貝爺・多構烏架在肩膀上，重疊的高度恰好與指揮官等齊。

沒有人看清楚瞬間發生的事。有人說砍刀滑出指揮官汗濕和油膩的手指間，有人誓言刀鋒神奇地靜止在離貝爺・多構烏頸部一公分的半空中，隨後彷彿被龍捲風席捲似的在空中飛舞。任何人說的都是成因，事實上，群眾都嚇呆了，而門班貝列被迷信的驚恐嚇得魂不附體，他又搶奪另一名士兵的小刀，展開攻擊。他無法對準目標，因為約耳・岡薩雷茲靠了上來，拍了一張相片，閃光燈讓他失去視線。

於是門班貝列指揮官下令他的士兵，開槍對抗所有的矮人。村民倉皇尖叫且被驅散開來，女人們拖走她們的孩子，老人們跌跌撞撞，小狗四下奔逃，雞群拍翅飛跳，視線內最後只剩下矮人、士兵和守衛，守衛正在猶豫該靠那邊站。凱特和安琪跑去保護矮人的小孩，他們像狗般邊叫邊雜亂推擠在兩位老奶奶的身邊。約耳在桌子底下找到庇護所，桌上滿是婚宴的食物，他從那裡拍照，不管是否容易對焦。費爾南多教士和亞歷山大張開雙臂站在矮人前面，想用自己的身體保護他們。

或許有些士兵想要發射，他們卻發現手中的武器無法運作。或許其他士兵直到那時還是被迫假意尊重，但他們厭惡主子的懦弱，拒絕聽命。不管上述任何一種情況，在廣場上聽不到一聲槍響，轉瞬間，金錢豹兄弟會的十名士兵喉嚨都被刀尖頂住，原來謹慎行事的女矮人已經展開行動。

門班貝列對此毫無察覺，他氣瞎了，他抓取到的訊息是他的命令竟然被忽視。他從腰帶拔出手槍，瞄準貝爺・多構烏開槍掃射。他不知道子彈無法命中目標，護身符的魔力讓子彈脫離軌道，因為在他第一次觸動扳機之前，一隻陌生的動物已經跳到他身上，那是一隻龐大的黑貓，具有金錢豹的速度和凶猛，以及黑豹的黃色眼睛。

第十五章　三頭怪獸

那些看到外國男孩幻化成黑色貓科動物的人，終於瞭解這果真是他們一生度過最神奇的夜晚。他們的語言缺乏字句來敘述如此多的曼妙奇幻，更別說爲這隻不曾見過的動物命名，那是一隻黑色的大貓，一路怒吼猛撲向指揮官。巨獸燃燒的氣息籠罩指揮官整張臉，爪子則是牢牢釘住他的雙肩。他大可以一槍斃了大貓，但是驚慌讓他手腳痲痺，因爲他曉得面對的是超自然的事件，是來自巫師的奇異幻術。他用兩個拳頭揮打攻擊，終於掙脫豹子致命的擁抱，他落魄而匆忙地逃向森林，後頭緊跟著猛獸。在現場圍觀群眾的驚嘆下，兩者在黑暗中失去了身影。

恩高背的居民和矮人生活在一個魔幻的現實裡，他們被精靈所環繞，總是提心吊膽，深恐觸犯禁忌或是有冒犯得罪之舉，神靈就會爆發隱藏的殺傷力。他們相信疾病是源自於巫師，因此只能靠巫師的方式醫治；他們不舉行祭典安撫神靈，就無法外出打獵或是旅行，夜晚是由惡魔掌權，白日是由鬼魂，逝去的人則轉化爲吃肉的物種。對他們而言，肉身的世界相當奧秘，生命本身就是一種魔法。他們曾看過——或者他們自認曾經看過許多巫婆和巫師作法，他們不認爲作法能讓人變成獸。今天看見的事，可以有兩種解釋：亞歷山大是非常有能力的巫師，或者說他原本是動物的鬼魂，只是暫時以男孩的狀態出現。

對費爾南多教士來說，剛才的景況是大異其趣的，他在亞歷山大化身爲守護動物時，是和他站在一塊兒的。宣教士相當珍惜自己是理性的歐洲人，是個有文化和受過教育的人，他眼睛看見，心裡卻無法接受。

他拔下眼鏡，在長褲上面磨蹭乾淨。他邊揉眼睛邊喃喃自語：「歸根結蒂，我還是得改變他們。」事實可能是亞歷山大在大貓無端出現的同時，就已經消失不見，有很多原因可以讓大家看走眼：事情發生在夜晚、廣場籠罩著驚恐的混沌、火炬的亮光不穩，以及他本人處在情緒混亂的狀態。他沒有多餘的時間可以浪費在無謂的猜想，他暗自決定：還有很多事情待處理。矮人們，包括男人和女人，他們用長矛頂著士兵的咽喉，讓士兵在長矛交織的陣仗中不得動彈；班度族的守衛猶豫不決，是該將武器丟到地上，或是介入幫助他們的上級長官。村莊的居民都起身反叛，如果守衛協助門班貝列的士兵，四周隱隱有歇斯底里的氛圍，將會變質爲一場屠殺。

稍後，亞歷山大就復原回來了。僅僅只有他臉孔上的怪異表情、熾熱的雙眼和綻露的牙齒，明顯指出了剛剛發生的事。凱特跑出人群，興致勃勃地迎向他。

「孩子，你將不會相信剛剛所發生的事！一隻黑豹跳到門班貝列身上啊！我真希望他已經被吞噬了，這是最起碼他該承受的。」

「凱特，不是黑豹，是神豹。牠沒把他吃了，但是已經把他嚇壞了。」

「你怎麼知道這麼清楚？」

「凱特，我要告訴妳多少次我的守護動物是神豹呢？」

「亞歷山大，你又再次走火入魔了！等我們回到文明世界，你應該去看心理醫生。娜迪雅人在哪裡呢？」

「她很快就會回來。」

接下來的半個鐘頭，村子裡棘手的權力平衡問題總算擺平，絕大部分得歸功於費爾南多教士、凱特和安琪。首先勸降的是金錢豹兄弟會的士兵，如果他們想活著離開恩高背，他們就得投降，一來是他們的武器失靈，二來是因爲失去他們的指揮官，最後是因爲他們被充滿敵意的村民團團圍住而必須妥協。

就在那時凱特和安琪已到茅舍尋找恩茲，由於傷患家屬的配合幫忙，他們將他安置在臨時做成的擔架上。這可憐的男孩發著高燒，當他母親跟他詳述整個下午所發生的事，他便準備與大家同甘苦。他們將擔架抬放在視線最佳的地方，他用微弱卻清晰的聲音，發表演說，鼓吹他的同伴發動叛變。現在沒什麼好怕的，門班貝列已經不在此地。守衛們盼望重新與家人相聚，回歸正常的生活，但是他們對指揮官有一種像害怕祖靈的恐懼，而且一向聽命於他的威權慣了。他在哪裡？他已被黑色貓科動物的幽靈吞噬了嗎？如果他們採納恩茲的意見，要是軍官一回來，他們將會命喪鱷魚井。他們不相信娜娜—阿桑特女王還活著，就算她還活著，她的能力也無法與門班貝列相比。

一旦可與家人團聚，矮人們認爲，回到森林的時刻便已到了，之後他們將不會再離開森林。貝爺・多構烏穿上黃色汗衫，拿起長矛，然後走近亞歷山大，將化石還給他，他始終相信是靠化石的力量，讓他倖免於被門班貝列擊潰。其他獵人也滿懷感傷地告別，他們知道將不會再見到這位擁有豹魂的超級朋友。亞歷山大告訴他們，此刻還不是離開的時候。他婉言相告說，即使他們躲在密林的最深處，即使那裡沒有其他的人類可以生存，他們也不算得救。逃避不能解決問題，早晚他們還是會被別人找到，或者是他們仍有需要跟世界上其他人聯繫。他們需要結束奴隸的身分，重新和恩高背的居民建立誠摯的關係，如同過去的日子一般，爲此還需要撤銷他們賦予門班貝列的權力，將他和他的士兵永遠驅逐出這個地區。

另一方面，高頌果的成群妻妾已經從十四或十五年前被監禁在後宮的生活中，解放出來，她們第一次享受到青春的喜悅。她們一點也不在意那些擾亂其他村民的正經事，她們籌辦自己的嘉年華，打鼓、歌唱和跳舞，她們拔下手臂上、頸項上和耳垂上的黃金飾品，將它往空中拋擲，爲自由而全然地瘋狂了。

這就是村莊居民所處的情況，每個群體專注他們自己的事，但是全都處身在廣場上，就在此時，個頭龐大的松貝露面，因爲他的黑暗權力而被召喚來到，爲的就是要強迫人接受命令、處罰和恐懼。

一陣火花雨，像極了節慶的煙火，發出體型龐大的巫師已經臨到的訊號。集體一聲狂叫，迎接了恐懼化身的到來。松貝有好長一段時間不曾現身，有些人懷著希望認爲他終於去了惡魔的世界，只是好景不長，這位活生生出現的地獄使者，展現出比過去更爲憤怒、更爲嚇人的面目。群眾蜷縮戰慄，他成爲廣場的核心。

松貝的名聲從這個區域散布遠播，一村傳過一村，傳了非洲好大部分的地區。他們說他光用思想就可以殺人，吹氣就可以醫治，能夠預測未來、控制大自然、改變夢境、使人陷溺在夢裡無法回神，以及跟諸神互通有無。他們也公認他是所向無敵和長生不死的，因此他能夠化身爲水中、空中或地上任何一種生物；他還能夠鑽入敵人的體內，由內臟開始吞噬，飲他們的血，讓他們的骨頭化成粉，最後只剩一層皮，之後在空皮囊裝滿灰燼。以此方式製造活屍體或是死活人，從此它們可怕的命運就是當他的奴隸服事他。

巫師個頭粗大，他的身形似乎被他一身難以置信的服飾加大了兩倍。他的臉被豹形的面具遮蔽，在豹臉之上，像戴帽子似的頂著長有長犄角的野牛頭骨，他再以枝葉裝飾爲冠，彷彿從他頭上生出一棵樹來。他的手臂和雙腳閃爍著野獸的獠牙和爪子的裝飾品，脖子上好幾圈懸吊人類手指的項鍊，腰上繫了一串偶像崇拜之物和盛滿魔幻藥水的南瓜。他全身纏繞著各式各樣動物皮做的布條，上面有突起的乾涸血跡。

松貝以復仇魔鬼之姿來到，他決心強制執行蠻橫的個人風格。班度村民、矮人，甚至門班貝列的士兵說投降就投降，毫無任何反抗的徵兆，他們蜷縮一團，巴不得從人間消失，而且他們準備完全服從松貝的命令。外國人的群體，則是驚愕地呆立一旁，他們見到巫師的露面，是如何摧毀了恩高背才剛開始擁有的脆弱的和諧。

巫師像隻大猩猩似地彎下身，雙手支撐在地面咆哮，爾後開始轉圈圈，一次比一次還快。突然他駐足凝神，將手指指向某人，那人登時摔倒在地，陷入深沉的昏迷，伴隨著顛瘋似駭人的喘息全身直打哆嗦。其他人全身僵直不得動彈，像是花崗岩雕像，還有些人開始從鼻子、嘴巴和耳朵流出鮮血。松貝再次像陀螺般打轉，停止，用手勢的能力威脅某人。不出幾分鐘，有十二個男人和女人昏到在地，其他人則是跪在地上尖叫，吞嚥泥土，祈求饒恕和發誓順服。

一陣沒來由的風像颱風吹過村莊，茅舍的稻稈、晚宴桌上的所有東西、鼓、棕櫚拱門和半數的雞，均被強風吹走。暴風雨的閃電照亮夜空，森林裡傳出埋怨的恐怖和音。數以百計的老鼠在廣場上逃竄像是一場鼠疫，霎時老鼠全不見蹤影，只有不滅的惡臭散逸在空氣中。

松貝突然跳上一個火爐，剛剛還在那裡燒烤晚餐的肉品，現在巫師在滾燙的炭火上跳舞，他裸赤的雙手拿起炭火就往倉皇失措的群眾抛擲。在火苗中間，飛煙展現數以百計的凶神惡煞形體，伴隨著巫師陰森險惡的舞蹈。從長角的豹頭發出洞穴傳出的沙啞粗壯的叫聲，一陣陣狂呼著失去王位的國王和戰敗的指揮官的名字，歇斯底里的眾人被催眠地附和著長聲呼喚：高頌果、門班貝列，高頌果、門班貝列，高頌果、門班貝列……

到那時，村莊的人都已在巫師的手掌心，巫師以勝利者的姿態從火爐現身，火焰舔著他的雙腳，卻毫無灼傷。一隻大白鳥從南方飛來，牠在廣場上繞圈飛行。亞歷山大認出那就是娜迪雅，便如釋重負地高喊一聲。

隨老鷹招聚的力量，從東西南北四方湧進恩高背。作爲開路先鋒的是森林的大猩猩，黑色雄偉的公猩猩在前，尾隨在後的是母猩猩和小猩猩。接著是娜娜—阿桑特女王，她衣不蔽體的身上掛著寥寥幾塊襤褸的破布，卻氣勢凌人，一頭直豎的白髮像是銀色光環，她騎坐在一頭巨象上，大象像她一樣年老，在牠的側身銘刻著被長矛穿刺的傷痕。伴隨女王的是天行，喜瑪拉雅山的喇嘛，他接到娜迪雅的召喚便以天體運行的方式趕來，帶著一幫穿著戰服的可怕雪人。瓦利邁巫師和他妻子細緻的靈魂也來了，領著十三頭亞馬遜神話的怪獸。這個印第安人已經返回他的青春，他現在變成全身彩繪、裝飾羽毛的俊美戰士。最後進入村莊的是森林龐大的閃亮一族：祖靈、動物和植物的精靈，以及成千上萬的靈魂，它們如同正午的太陽照亮整個村莊，清淨冷冽的微風則讓空氣涼爽宜人。

在奇幻光芒的照射下，凶神惡煞都頓失蹤影，松貝巫師真實掌控的領域也大幅縮減，他那一身染血的皮製破布條、他的手指項鍊、他的偶像崇拜物、他的爪子和獠牙不再陰森可怕，只像是荒謬怪誕的假象。娜娜—阿桑特女王騎乘的大象揮動長鼻子朝他一甩，長角的水牛頭骨和豹臉的面具遂飛揚而去，因而巫師的面容展露了，那是大家都能辨識的一張臉：高頌果、門班貝列和松貝竟是同一人，是同一個長有三個頭的吃人妖魔。

群眾對一切反應感到相當錯愕，就像這個奇妙夜晚所發生的其他事，全都出人意料之外。

一聲粗啞的長嘯傳進圍觀的群眾。剛剛在痙攣的人、變成雕像的人和七孔流血的人，全離開了昏睡狀態；那些跪拜在地的人也站起身來，群眾以一種驚人的果斷力朝那個曾對他們專制統治的男人移動。高頌果－門班貝列－松貝向後倒退，不過不到一分鐘，他就被包圍了。上百隻手齊抓著他，將他懸空拉起，他們帶著他走向酷刑的水井。當三個頭怪獸的笨重身體落入鱷魚的深喉嚨時，一聲驚悚的喊叫迴盪在森林裡。

對亞歷山大而言，要記起當晚的點點滴滴是相當困難的，他無法像書寫前面兩次冒險般信手拈來。是作夢的情景嗎？是其他人集體歇斯底里的獵物？或者他真的親眼看到娜迪雅召喚的群隊？這些都是無解的問題。之後，當他向娜迪雅確認他所認爲的故事版本時，她靜靜地聽他說完之後，立刻輕吻他的臉頰，告訴他每個人有他自己的真相，所有的事情都是有可能的。

女孩的話結果成了預言，因爲當他跟其他成員求證事情的真相時，每個人對他說出不一樣的故事。舉例來說，費爾南多教士只記得大猩猩和載著老太太的大象；凱特・寇德覺得迎面而來的空氣，充滿光輝閃亮的物體，當中可以辨識出喇嘛天行，雖然他根本不可能在那裡；約耳・岡薩雷茲決定等到底片沖洗出來，才發表意見：只要照片上沒有的，就不算發生過；矮人和班度人寫信告訴他，從巫師在火焰中手舞足蹈，到祖靈飛繞在娜娜－阿桑特的四周，都跟他所見略同。

安琪・林德瑞拉記得的比亞歷山大還要多：她看到有著半透明翅膀的天使和一群五彩繽紛

的小鳥，她聞到一陣花雨的香氣，而且她是其他許多神蹟奇事的見證人。次日密契爾・穆撒哈駕駛馬達發電的救生艇來尋找他們時，安琪是這樣轉述給他聽的。

密契爾在他的營地接收到一通安琪用無線電波傳遞的訊息，立刻啓程進行搜救。他不能找到有足夠勇氣的飛機駕駛員，同意載他到這片恐怖萬狀的森林，尋找在此迷失的朋友。他必須搭乘商業飛機到首都，租一艘汽艇，沿河而上尋找他們，沒有一位嚮導勝得過他的直覺。國家政府的一名官員和四名憲兵陪著他，他們負有調查象牙、鑽石和非法買賣奴隸的任務。

只花幾個小時，娜娜—阿桑特就將村莊整頓得條理有序，沒有人質疑她的威權。她一開始先讓班度族人和矮人大和解，提醒他們合作的重要性。前者需要獵人捕獲的肉品，後者的生活不能沒有從恩高背獲得的產品。她需要強迫班度人尊重矮人，也需要讓矮人原諒曾受過班度人的虐待。

凱特問她：「您將怎麼教導他們和平相處呢？」

女王回答：「我將先從女人開始，因爲她們裡面有很強的慈悲心。」

終於到了離別時刻。這群朋友已經筋疲力盡，因爲他們睡得很少，除了娜迪雅和波羅霸，他們都得了胃病。此外，在最後的幾小時，約耳・岡薩雷茲從頭到腳被蚊子叮得滿身包，他全身發腫、發燒，還因太癢抓得皮開肉綻。貝爺・多構烏避免顯露自吹自擂的樣子，小心翼翼地爲他敷上神聖護符的粉末。不消兩個鐘頭，攝影師就回復正常。他驚豔於神奇的效果，懇求他們給他一小撮，他要帶去治療他的朋友提摩西・布魯斯被狒狒齧咬的傷口，但是穆撒哈告訴他，提摩西已經完全康復，正在奈洛比等待所有其他的成員。矮人使用相同的神奇粉末治療阿德林恩和恩茲，他們親眼見到自己的傷口開始逐漸好轉。爲了測試神秘產品的能力，亞歷山大大膽要求帶一點給他的母親。根據醫生的診斷，麗莎・寇德已經完全戰勝了癌症，但是她的兒子猜想，幾公克伊變巴—阿富阿的神奇綠色粉末或許可以擔保母親活久一點。

安琪・林德瑞拉決定透過協商，擺脫對鱷魚的恐懼。她在娜迪雅的陪伴下，從防禦水井的籬笆上方探出頭，跟巨大的鱷魚立約，雖然娜迪雅對恐龍類的語言所知有限，她卻盡其所能做最好的口譯。安琪對牠們解釋，只要自己願意，可以一槍殺死牠們，但是她現在想讓牠們回到河裡，牠們將可在河裡過自由自在的生活。相對地，她也強力要求牠們尊重她的生命。娜迪雅不確定牠們是否完全明白，她也不確定牠們是否信守承諾，或者說契約的效力是否可以擴展到非洲其他的鱷魚，但是她更樂於告訴安琪，從此刻起，她再也沒有什麼好怕的。她將不會死於鱷魚的吞噬，她跟她保證，萬一不夠幸運的話，她會如同自己期待的死於飛機失事。

高頌果的妻妾們現在是快樂的寡婦，她們想要送給安琪自己的黃金飾品，但是費爾南多教士插身干預。他在地上鋪上一張毯子，強制要求女人將金銀珠寶放在毯子上，然後他拉起毯子的四角綁起來，拖著這袋金飾的包袱到娜娜—阿桑特女王所在之處。

他解釋說：「這些金子和兩對象牙是我們在恩高背村莊裡的人共有的，您知道如何管理這筆資產。」

安琪將金飾牢牢握在懷裡，補上一句話：「高頌果給我的，就是我的！」

費爾南多教士用一種讓人覺得世界末日的眼光怒視她，並向她伸出手。安琪不甘不願地拆下身上的珠寶金飾，爾後交出。此外，她還允許並留給他飛機上的無線通訊方式，以便他們能夠彼此聯繫，她還承諾每兩星期至少飛到村莊一次，運送基本的民生用品，運輸費算她的。一開始她可能必須從空中抛送物資，之後他們會在森林淨空一小塊地，作爲飛機跑道，飛機才能降落。由於森林土質的關係，那將不是件容易的事。

娜娜—阿桑特接受費爾南多教士留在恩高背的想法，以及建立他的修會和學校，只要他們的意識型態能達成共識。正如人類需要和平相處，眾鬼神也一樣需要。沒有理由不讓諸神和精靈，在人類心中分享相同的空間。

後記——兩年之後

亞歷山大・寇德出現在奶奶紐約的公寓，他帶給奶奶一瓶伏特加，帶給娜迪雅一束鬱金香。他的女朋友曾經告訴他說，她不會像其他女同學一樣在手腕上戴花，也不會穿禮服來參加畢業典禮，她覺得那些蕾絲花邊實在嚇人。此時，吹來一陣輕柔的微風，舒緩了紐約五月的炎熱，即使如此，鬱金香還是熱得垂頭喪氣。他想自己永遠也不會習慣這個城市的氣候，所幸自己也無須適應此地氣候。他就讀柏克萊大學，如果他的計畫不出差錯，他將會在加州拿到醫學的學位。娜迪雅對紐約的氣候卻感到怡然自得，她總是嘲笑亞歷山大：「如果你生活中不能沒有媽媽的義大利麵條和衝浪的滑板，我不知道你怎麼會想去地球最貧窮的地區行醫？」亞歷山大花了好幾個月的時間，說服她跟自己念同一所學校，他舉出各種好處，終於獲得首肯。九月她就要到加州，他再也不需要跨過整個美國大陸，才見得著她的面。

娜迪雅打開門時，站立不動的他，手上拿著一束凋萎的鬱金香，耳朵發紅，不知該如何開口。他們已經六個月沒見面了，出現在門檻的女孩儼然是個陌生人。閃過他心裡意念的是他敲錯門了，但是他的疑慮迅即消散，因爲波羅霸跳到他身上，用熱情的擁抱和啃咬歡迎他。奶奶叫喚他名字的聲音從公寓內部傳到他耳中。

仍然驚慌失措的他回答：「是我啊，凱特！」

這時娜迪雅對他展露笑顏，一瞬間她又回到過去小女孩的樣子，那個他所認識、所愛的又野又美的女孩。他們相互擁抱，鬱金香掉到地上，他用一隻手環抱娜迪雅的腰，邊快樂的喊叫邊將她舉起，同時，另一隻手還得奮力擺脫黏人的猴子。凱特・寇德在這時拖著步伐出現，她搶走了伏特加，亞歷山大剛剛一直牢牢抓在手上，然後用腳一踢把門關上。

凱特說：「你看到娜迪雅嚇人的樣子嗎？活像黑手黨的女人。」

亞歷山大笑著說：「奶奶，告訴我們妳真正的想法。」

她大喊：「不准叫我奶奶！她背著我買了這套衣服，竟然沒有跟我商量！」

「凱特，她不知道你對流行服飾有興趣。」亞歷山大評論著，斜眼偷瞧了瞧奶奶穿的變形長褲和鸚鵡圖案的T恤。

娜迪雅腳穿高跟鞋，身體塞進一件又短又無吊帶的黑色緞子直筒衫。必須說她似乎一點兒都不受凱特評論的影響。她在亞歷山大面前轉了一整圈，爲了炫耀她的服裝。她看起來與記憶中的小女孩相當不一樣，也就是那個穿短褲、戴羽毛飾品的小女孩。他暗自思量必須習慣女孩的改變，但他希望娜迪雅不是一直如此，他還是比較喜歡早先的「天鷹」。面對好友新的模樣，他實在不知所措。

「亞歷山大，你跟這個嚇唬人的東西去參加畢業典禮，一定會羞愧臉紅的。」奶奶對他說，接著跟娜迪雅比了一下：「過來，我要讓妳看件東西……」

她領著兩個年輕人往窄小多塵的辦公室走去，辦公室堆滿了書和文件，是她平日寫作的地方。辦公室的牆上，貼滿女作家這些年旅遊各地的照片。亞歷山大認出寄宿在鑽石基金會的亞馬遜印地安人、金龍王國的迪巴虔、貝瑪和他們的小嬰孩、費爾南多教士和他在恩高背的修會、安琪・林德瑞拉與密契爾・穆撒哈坐在大象背上，還有其他許多照片。凱特把二〇〇二年《國際地理雜誌》的封面裝框裱起來，這期的雜誌獲得重要的獎項。封面相片是約耳・岡薩雷茲在非洲市集所拍攝，照片裡面是亞歷山大、娜迪雅和波羅霸面對著怒氣沖沖的鴕鳥。

「看啊！孩子，三本書已經出版了。」凱特說：「我在讀完你的筆記時，發現你永遠都不能成為作家，你對細節毫無觀察力。或許忽視細節不妨礙成為一名醫生，你看全世界充滿了醫技很差的醫生，但是對於文學，那可就糟透了。」

「凱特，我沒有觀察力，也沒有耐性，所以才給妳我的筆記。這些書妳可以寫得比我好。」

「孩子，我幾乎每樣事都做得比你好。」她邊笑，邊用一隻手撥亂孫子的頭髮。

娜迪雅和亞歷山大以一種特異的傷感檢視這些書，因為書中包含了在這奇特的三年中，旅遊以及冒險所發生大大小小的事。未來或許將不會再有可與之相比的生活經驗與如此緊湊又魔幻的歷險，但至少值得安慰的是，書頁間保存了那些人物、歷史和學到了的教訓。感謝奶奶的書寫，他們將永生難忘。「天鷹」和「神豹」的記憶，在《怪獸之城》、《金龍王國》與《矮人森林》……

「天鷹與神豹的回憶」：三部曲

矮人森林

2007年7月初版　　定價：新臺幣260元
2007年8月初版第二刷

著　者　Isabel Allende
譯　者　陳　正　芳
發行人　林　載　爵

出版者　聯經出版事業股份有限公司
台北市忠孝東路四段555號
編輯部地址：台北市忠孝東路四段561號4樓
叢書主編電話：(02)27634300轉5043・5228
台北發行所地址：台北縣汐止市大同路一段367號
電話：(02)26418661
台北忠孝門市地址：台北市忠孝東路四段561號1-2樓
電話：(02)27683708
台北新生門市地址：台北市新生南路三段94號
電話：(02)23620308
台中門市地址：台中市健行路321號
台中分公司電話：(04)22312023
高雄門市地址：高雄市成功一路363號
電話：(07)2412802
郵政劃撥帳戶第0100559-3號
郵撥電話：26418662
印刷者　世和印製企業有限公司

叢書主編　邱　靖　絨
校　對　劉　洪　順
吳　美　滿
封面設計　李　東　記

行政院新聞局出版事業登記證局版臺業字第0130號

本書如有缺頁，破損，倒裝請寄回發行所更換。　ISBN 13：978-957-08-3164-1（平裝）
聯經網址：www.linkingbooks.com.tw
電子信箱：linking@udngroup.com

國家圖書館出版品預行編目資料

天鷹與神豹的回憶：三部曲　矮人森林/
Isabel Allende著．陳正芳譯．初版．
臺北市：聯經，2007年（民96）
232面；14.8×21公分．
譯自：El Bosque de Los Pigmeos
ISBN　978-957-08-3164-1（平裝）
〔2007年8月初版第二刷〕

885.8157　　96009570